中华聚珍
文学丛书

〔唐〕杜甫 著

杜甫诗今译

梁鉴江 译注

中华书局

图书在版编目（CIP）数据

杜甫诗今译/（唐）杜甫著；梁鉴江译注. —北京：中华书局，
2019.6
（中华聚珍文学丛书）
ISBN 978-7-101-13788-0

Ⅰ.杜… Ⅱ.①杜…②梁… Ⅲ.①杜诗-诗集②杜诗-译文
③杜诗-注释 Ⅳ.I222.742

中国版本图书馆 CIP 数据核字（2019）第 038534 号

书　　名	杜甫诗今译
著　　者	〔唐〕杜　甫
译 注 者	梁鉴江
丛 书 名	中华聚珍文学丛书
责任编辑	李保民
出版发行	中华书局
	（北京市丰台区太平桥西里 38 号　100073）
	http://www.zhbc.com.cn
	E-mail：zhbc@zhbc.com.cn
印　　刷	北京瑞古冠中印刷厂
版　　次	2019 年 6 月北京第 1 版
	2019 年 6 月北京第 1 次印刷
规　　格	开本/880×1230 毫米　1/32
	印张 10⅜　插页 2　字数 190 千字
印　　数	1-5000 册
国际书号	ISBN 978-7-101-13788-0
定　　价	35.00 元

导　读

　　文章千古事，得失寸心知。作者皆殊列，名声岂浪垂？……

——《偶题》

一

　　伟大的诗人杜甫在一千二百多年前逝去了，但是用他勤勉的劳动、卓绝的才华和惊人的毅力建造起来的诗歌艺术的丰碑，至今仍光焰万丈。他的诗篇和他的名字一起，被人们广为传诵，千古不废。

　　杜甫的诗歌，从广阔的角度反映了社会的离乱，揭露了统治者的骄奢淫逸和横征暴敛，记录了人民的不幸和痛苦，抒写了诗人的忧伤与愤激，真实而全面地展现了唐代安史之乱前后几十年间的历史面貌，人们称之曰"诗史"。他继承并发扬《诗经》《楚辞》和汉魏乐府的优良传统，把诗歌创作艺术推上了一个新的高峰。他的诗歌哺育了唐以后的历代诗人，成为他们创作的楷模，人们尊他为"诗圣"。

二

　　杜甫生活在唐帝国由盛而衰的急剧变化的时代。他的一生,大体可以分为四个时期——

　　成长至南北漫游时期:先天元年(712)至天宝四年(745),时值"开元盛世",政治稳定,经济繁荣。杜甫少小多病,但读书勤奋,十四五岁便显露出非凡的文学才能。从二十岁起,他先是南游吴越,后又北游齐赵,中间虽有过落第的失意,总算过了八九年裘马清狂的生活。这时期他写诗很少,是他创作的准备阶段。

　　长安觅官时期:天宝五年(746)至天宝十四年(755),这时社会危机日益显露,玄宗昏聩,朝臣弄权,外戚骄奢,纲纪崩坏,边将骄纵,……安史之乱这场国家民族的大灾难正在酝酿之中。为了谋求政治地位,以实现"致君尧舜上,再使风俗淳"(《奉赠韦左丞丈二十二韵》)的政治理想,诗人于天宝五年(746)来到了长安,一住就是十年。但他又一次应试落第,继而献赋求官失败,政治上一筹莫展。"卖药都市,寄食朋友"(《进三大礼赋表》),"朝扣富儿门,暮随肥马尘"(《奉赠韦左丞丈二十二韵》),贫困至极。天宝十四年(755),他到长安快十年了,玄宗才任他为河西尉,他辞而不就。后改任右卫率府胄曹参军。

　　离乱为官时期:至德元年(756)至乾元二年(759),这是安史之乱时期。安史乱起,两京失陷,玄宗奔蜀,肃宗即位,叛军焚掠,田园荒废,民生凋敝。杜甫逃难于白水、奉先、鄜州之间,身陷胡虏,目睹叛军的暴行,饱尝离乱之苦。从长安贼中逃出时,他九死一生;到达凤翔时,他高兴得热泪纵横。他任过左拾遗之职,因上疏救房琯被贬为华州司功参军。在石壕村,在新安道,他目睹官府抓丁的惨剧,听过新婚少妇送别丈夫出征时的哭诉。

蜀湘漂泊时期:上元元年(760)至大历五年(770),这时安史之乱刚刚平息,又有吐蕃、回纥之祸,长安再度陷落,帝国又告危急。这期间,杜甫除了有几个月在幕府供职之外,大部分时间均无官在身。他在成都浣花溪畔营建草堂寓居,"谁能载酒开金盏,唤取佳人舞绣筵"(《江畔独步寻花七绝句》),"老妻画纸为棋局,稚子敲针作钓钩"(《江村》),过了一阵子悠闲自在的生活。以后,他辗转于绵州、梓州、阆州、渝州、忠州、夔州等地,经常捱饥受寒,日子过得很悲苦。他身在两川,心悬故国,却又始终不得返京。大历三年(768)春,他乘舟自夔州出峡,以后则漂泊于岳州、衡州、潭州等地,度着浮家泛宅的凄凉岁月。最后,这位中国历史上的伟大诗人,于贫病交加之中,死在一条破旧的木船上。

三

杜甫是一个政治上失意的书生,文学上有伟大成就的诗人。"不眠忧战伐,无力正乾坤"(《宿江边阁》),生在动乱时代的诗人，本想拯社稷于倾危，救民生于水火，却因官小位卑而无能为力。"自谓颇挺出，立登要路津。致君尧舜上，再使风俗淳"（《奉赠韦左丞丈二十二韵》），殊不知"居然成濩落"（《自京赴奉先县咏怀五百字》），这就造成了他终生的痛苦。"非无江海志，萧洒送日月。生逢尧舜君，不忍便永诀。"（同前）他又不能像隐士那样浪迹于江湖，寄情于山水，无视国家的安危和人民的疾苦，唯有把满腔的忧郁与激愤发泄于诗，"凡交情之冷淡，身世之飘零，皆可于一草一木发之"（《沧浪诗话》）。他一生的主要精力都用于写诗，在蜀湘漂泊的晚年，更是以作诗为业。他说过"吾祖诗冠古"（《赠蜀僧闾丘师兄》）、"诗是吾家事"（《宗武生日》）、"诗名惟我共"（《寄高适》）一类的话，足见对自己的诗十分自信。"将诗莫浪传"（《泛舟送魏十八仓曹还京因寄岑中允参范郎中季明》），"将诗不必万人传"（《公安送韦二少府匡赞》），可知他创作态度非常认真。他写作勤勉，"自七岁所缀诗笔，向四十载矣，约千余篇"（《进雕赋表》）。一生总共作诗三千余首，现存的也有一千四百多首。

杜甫的诗，继承前人的一切形式又有所发展，各种诗体他都能纯熟运用。他的五言古诗善于描写社会的动乱、民生的疾苦和个人的漂泊；七言古诗长于抒写情怀，申述政见；五律和七律感情深厚，格调精深，在唐代少有人及；绝句数量不多，但质量上乘，堪与名家媲美。

杜诗内容广泛，包罗万有，大至铺陈时事，摹写山川，小至花木竹石、鸟兽虫鱼；唯独不涉笔于儇薄。翻开一部杜诗，我们可以看到权贵的骄奢、叛军的暴虐和百姓的悲苦，可以看到荒凉的边塞、整肃的军容和哭送征夫的凄惨场面，也可以看到雄伟的山岳、奔腾的江河、萧瑟的秋景、凄清的月夜、红艳的春花、卓绝舞姿和栩栩如生的绘画，……而诗人的爱与恨、忧伤与激愤，则熔铸于一事一物的描绘之中。总之，一部杜诗就是一部用诗写成的历史。

杜甫的诗，华实相兼，辞意共济，"悲欢穷泰，发敛抑扬，疾徐纵横，无施不可"（《遁斋闲览》载王安石语）。元稹是第一个高度评价杜诗的人，他说："至于子美，盖所谓上薄《风》《骚》，下该沈、宋，言夺苏、李，气吞曹、刘，掩颜、谢之孤高，杂徐、庾之流丽，尽得古今之体势，而兼人人之所独专矣。……则诗人以来，未有如子美者。"（《旧唐书·文苑传》引）这绝非溢美之词。"不薄今人爱古人，清词丽句必为邻"（《戏为六绝句》之五），杜甫虚心地向古人和同时代人学习，把古今的一切文学成果汲取过来，加以熔铸和提炼，形成自己独有的沉郁顿挫的风格。"语不惊人死不休"（《江上值水如海势聊短述》），他在创作上严于律己，锐意创新。"晚节渐于诗律细"（《遣闷戏呈路十九曹长》），创作上的这种严格的精神，至老弥笃。这是杜甫在诗歌创作上取得突出成就的原因。杜诗的艺术特点，主要有以下几个方面：

第一，通过描写有典型意义的社会现象和人物，表现主题思想。文学作品描写的材料是否有典型意义,直接影响到它的思想深度和社会意义。杜甫善于选取有典型意义的社会现象和人物来描写,这是杜诗之所以有力量的重要原因。如:《石壕吏》写老妇一家的遭遇,《新婚别》写新婚少妇的怨诉,《无家别》写征夫的不幸,……诗人通过这些有典型意义的人物的描写,反映了安史之乱给人民带来的巨大痛苦。又如:为了揭露杨氏家族的淫逸骄奢,诗人选取了杨氏兄妹宴游曲江的场面来写,材料典型,揭露深刻。再如:《江南逢李龟年》写一位音乐家的身世,反映了唐代由盛而衰的变化。这首诗虽然只有四句,由于所写的人物十分典型,所以内容深刻,主题突出,有巨大的社会意义。

第二,善于描绘艺术形象。杜甫有自己的政治思想,有对社会人生的执着的追求,但是他又很少在诗中直接说教,他通过完美的艺术形象去抒写情怀,反映人生,评价现实。"……造化权舆、阴阳昏晓、飞潜动植、表里精粗,但经弱毫微点,靡不真色毕呈"(卢世㴰《紫房余论》),在诗人笔下,一切客观事物无不显得生动鲜明而富于感染力:秋色写得愁惨萧瑟,风涛写得惊心动魄,人物写得神态毕现……

杜甫描写艺术形象的手法多种多样,他根据不同的对象和主题的需要,运用不同的描写手法。写壮阔之景,即巨笔如椽,气势雄浑苍莽,如"落日照大旗,马鸣风萧萧"(《后出塞》)、"星垂平野阔,月涌大江流"(《旅夜抒怀》)；写"飞潜动植"，则用笔极工，纤毫可见，如"冉冉柳枝碧，娟娟花蕊红"（《奉答岑参补阙见赠》）、"草露亦多湿，蛛丝仍未收"（《独立》）。为了更好地融情于景，有时则采用拟人手法，如"感时花溅泪，恨别鸟惊心"（《春望》）、"江山如有待，花柳更无私"（《后游》）。他的咏物诗，更多用此法，把所咏之物写成有思想有感情的人，有时索性写成诗人自己，因而形神兼备，立意高远。细节描写，是杜诗常见的描写人物的方法。《北征》写妻子、小女一段，通过细节描写，把家中的贫困和小女的天真烂漫写得呼之欲出：

……平生所骄儿，颜色白胜雪。见耶背面啼，垢腻脚不袜。床前两小女，补绽才过膝。海图拆波涛，旧绣移曲折。天吴及紫凤，颠倒在短褐。老夫情怀恶，呕泄卧数日。那无囊中帛，救汝寒凛栗。粉黛亦解苞，衾裯稍罗列。瘦妻面复光，痴女头自栉。学母无不为，晓妆随手抹。移时施朱铅，狼藉画眉阔。生还对童稚，似欲忘饥渴。问事竞挽须，谁能即嗔喝？翻思在贼愁，甘受杂乱聒。……

对话描写，在杜甫的叙事诗中被大量采用。诗人根据人物不同的身份、地位和遭遇，把人物的对话写得各适其适。征夫的怨诉、老妇的悲鸣、新婚少妇的诀别，虽然都与战争有关，但各不相同，各有个性。如《新婚别》：

兔丝附蓬麻，引蔓故不长。嫁女与征夫，不如弃路旁。结发为妻子，席不暖君床。暮婚晨告别，无乃太匆忙。君行虽不远，守边赴河阳。妾身未分明，何以拜姑嫜。父母养我时，日夜令我藏。生女有所归，鸡狗亦得将。君今往死地，沉痛迫中肠。誓欲随君去，形势反苍黄。勿为新婚念，努力事戎行。妇人在军中，兵气恐不扬。自嗟贫家女，久致罗襦裳。罗襦不复施，对君洗红妆。仰视百鸟飞，大小必双翔。人事多错迕，与君永相望。

这是一个新婚少妇与征夫诀别的话，当中有暮婚晨别的埋怨，有"妾身未分明"的忧虑，有"努力事戎行"的劝勉，也有"与君永相望"的表白，跟人物的身份、处境和内心世界多么一致！

第三，精于炼字，用字准确、奇警；语意丰厚，语言表现力强。"杜甫之诗，独冠今古。"（叶燮《原诗·内篇》）杜诗之"冠"，首先表现在语言的功力上。杜甫有"耽佳句"之"癖"，又有"语不惊人死不休"之"痴"，在语言方面有执着的追求。

杜甫的语言功力，首先表现在精于炼字方面。杜甫很自负，但绝不自恃，总是精心刻苦地锤炼语言，努力使自己的作品"毫发无遗憾"。他又不是光在字面上下功夫，炼字炼句是以深厚的社会生活为基础的，因而成就远在贾岛一类的苦吟诗人之上。欧阳修《六一诗话》载：陈从易初得杜集,见《送蔡希鲁都尉》诗"身轻一鸟□"句脱一字,便与朋友试着补上,一云"疾",一云"落",一云"起",一云"下",一时难于裁决;后得善本,知"鸟"下脱"过"字,始慨然叹服。"过"字好在与"轻"字前后配搭,准确而生动地写出蔡希鲁驰骋疆场的矫捷英姿;"疾"字虽勉强可通,但远不如"过"字形象;"落"字、"起"字、"下"字则殊不可通。像这样的例子,在杜诗中俯拾皆是。如"四更山吐月,残夜水明楼"(《月》),"吐"字生动地写出月亮从山后破云而出之状,"明"字正好表现出水月相映、夜明如画之景。"孤月当楼满,寒江动夜扉"(《月圆》),一"满"一"动",月色波光,上下交辉,何等神妙!"星垂平野阔,月涌大江流"(《旅夜抒怀》),"垂"字益显夜中"平野"空阔,"涌"字更见江波动荡,江水茫茫。"大声吹地转,高浪蹴天浮"(《江涨》),"吹"字、"蹴"字,写水势凶猛,实是神来之笔!

杜诗的语言功力,还表现在语言的表现力方面。杜诗往往一两句当中,包含丰富的意思,有极大的容量。如"朱门酒肉臭,路有冻死骨"(《自京赴奉先县咏怀五百字》)两句,概括出整个封建社会的贫富对立。"三顾频烦天下计,两朝开济老臣心"(《蜀相》),概括了诸葛亮毕生的功业。"身无却少壮,迹有但羁栖"(《春日梓州登楼二首》之一),道尽了老去飘零的苦况。"三年笛里关山月,万里兵前草木风"(《洗兵马》),写出了漫长时间和广阔空间内战乱的情景。"风急天高猿啸哀,渚清沙白鸟飞回",

二语六景，高度浓缩。至如"万里悲秋常作客，百年多病独登台"（《登高》）两句蕴蓄之丰，更是为历来注家所激赏。

第四，格律精严，章法讲究。元稹《唐检校工部员外郎杜君墓系铭（并序）》云："至若铺陈终始，排比声韵，大或千言，次犹数百，……属对律切而脱弃凡近，则李尚不能历其藩翰，况堂奥乎！"这里指的虽然是排律，但也可以说是所有杜诗的特点。

杜诗严于格律。我们单就声韵方面来看看。他说："遣词必中律。"（《桥陵诗》）这绝非夫子自道。声韵之精严，唐代别的诗人都比不上他。他的近体诗抑扬顿挫，音调铿锵，具有特殊的音乐美；他的古体诗也琅琅上口，易于成诵。他在用韵方面有自己的独到之处——根据作品内容和抒情的需要来处理韵脚的响沉清浊。如《登高》押"十灰"韵，以抒写他的哀怨愁苦；《闻官军收河南河北》押响亮昂扬的"七阳"韵，正好表达诗人压抑不住的狂喜。他的篇幅较长的古体诗，则随着感情的起伏变化而易韵，做到以韵传情。《观公孙大娘弟子舞剑器行》，写公孙大娘昔日舞姿用"七阳"韵，写她的悲凉身世则转用促而弱的"四质"韵。

杜诗仪容修整，风度端凝。他的近体诗固然十分讲究章法，古体也长而有序。如《自京赴奉先县咏怀五百字》《北征》等长篇巨制，内容繁复而条理清晰，结构宏大而章法严谨，见出诗人惨淡经营的苦心。

中华聚珍文学丛书——杜甫诗今译

四

本书从杜集中选取一百一十二篇。这些诗分属于各个时期,大都是流传广泛、为历代读者所重视和喜爱的名篇。每篇都有题解、句译、注释和简要的分析。为了使读者更好地掌握杜诗各体的特点,学习各体的长处,本书按体编排,并把格律最严、章法最讲究、艺术性最高、最受读者喜爱的近体诗放在前面。本书注释方面,参考了古今多种注本和选注本,这里就不一一列举了。

这一百一十二首诗,占全部杜集还不到十分之一,恐怕未必能反映杜诗的面貌;比较大量地翻译杜诗,还仅仅是个尝试,自然会有欠妥之处;在注释和分析方面,限于水平,谬误也在所难免,恳请读者和专家指正。

目　录

中华聚珍文学丛书—杜甫诗今译

房兵曹胡马①

咏物忌黏皮着骨,描形写状,见物而不见人。一首上乘的咏物诗,要不黏不脱,不独工于物象摹绘,而且能注进诗人的主观感情,情寓物中,物因情见。本篇不仅成功地刻画了胡马的神貌,而且借以抒写作者的襟抱,笔力奇重,寄托深远,专以造意见胜。

胡马大宛名,锋棱瘦骨成。②
竹批双耳峻,风入四蹄轻。③
所向无空阔,真堪托死生。④
骁腾有如此,万里可横行。⑤

【今译】

胡马以大宛国所产的最为著名,它瘦骨耸起,
　　如锋刃棱角,真是神清气劲。
那马双耳尖削竖起,奔驰时四蹄腾跃,轻捷
　　生风。
在它面前,根本不存在什么空阔之地,它能使
　　主人脱离险境,足以托付生命。

它如此骁健迅猛,有了它便能横行万里,立业
建功。

【注释】

① 房兵曹:名籍不详。兵曹,官职名,兵曹参军事的省称。

②"胡马"二句　胡马:胡地之马。泛指西北少数民族地区所产的马。　大宛(yuān 鸳):汉西域国名,在大月氏(ròu zhī 肉支)东北,盛产良马,以汗血马(即所谓天马)最有名。《史记·大宛列传》:"得乌孙马好,名曰'天马'。及得大宛汗血马,益壮,更名乌孙马曰'西极',名大宛马曰'天马'。"　锋棱:锋刃、棱角。用以形容胡马之骨架瘦削突出。首句以产地标马种之佳,次句以骨相写其神骏。

③"竹批"二句　"竹批"句:贾思勰《齐民要术》卷六:"(马)耳欲得小而促,状如斩竹筒。"批,削。　"风入"句:《古谣谚》引《拾遗记》云:曹洪所乘马曰白鹄。此马走时唯觉耳中风声,足似不践地,时人谓乘风而行也。

以上四句写马的状貌风神。

④"所向"二句　仇兆鳌注引张耒云:"'无空阔',能越涧注坡。'托死生',可临危脱险。下句蒙上,是走马对法。"按,"无空阔"意谓对骏马而言,是无所谓空阔的。仇注未切。两句境界宏阔,笔势奇横。人耶马耶,已熔铸为一体矣!

⑤"骁腾"二句　骁腾:骁勇快捷。　横行:行而无所顾忌。　杨西河云:"末句谓兵曹得此马,可立功万里外,推开说方不重上。"这是对友人的期许,也是诗人自负之语。

以上四句写马的气概和才具。

画　鹰

　　这是一首咏画鹰的诗,寄托了诗人奋发有为、积极用世的情怀。诗中"殊"字,写鹰画得好;"呼"字、"摘"字,写画鹰之活;"起"字、"攫"字,写画鹰之势;"思"字、"侧"字,写画鹰之神;"击"字、"洒"字,写设想中的真鹰之猛。好就好在把画鹰当作真鹰来写,把画中之鹰写活了。不仅如此,诗人顺着画鹰——真鹰——诗人自己三个阶梯步步上升,最终达到咏物抒怀的目的,把一首咏画诗写得意旨深曲,灵气飞动。

　　素练风霜起,苍鹰画作殊。①
　　攫身思狡兔,侧目似愁胡。②
　　绦镟光堪摘,轩楹势可呼。③
　　何当击凡鸟,毛血洒平芜。④

【今译】

　　白色的画绢上风霜骤起,看那苍鹰画得多
　　　　好啊!
　　它仿佛要竦身腾起,搏击狡兔;那侧视的双
　　　　目,恰似愁胡的眼珠。

那系鹰的丝绳和系绳的转轴,光泽照人,仿佛
可以解下来那样逼真;挂在殿堂上的画鹰,
呼之欲下,栩栩如生。

该让它搏击凡鸟,使它们的毛血洒落在平原
荒草之上。

【注释】

①"素练"二句　素练:白色的绢。唐人称绢为练,以绢作画。
霜风起:这是诗人的感觉,极言画鹰的精神——挟风欲起,带有
肃杀之气。　殊:不同一般。　这两句从大处着笔,以风霜烘托,
把鹰写得威猛凌厉,总起全篇,字字皆挟风霜之气。

②"㩐身"二句　㩐身:竦身。㩐,古"竦"字。　愁胡:发愁
的胡人。孙楚《鹰赋》:"深目蛾眉,状如愁胡。"凡画鹰,最见功夫处
在点睛,看八大山人之画可知。　这两句一写鹰之势,一写鹰之
神;以真拟画,把画写真,是真是画,实难分辨。

③"绦镟"二句　绦(tāo 滔):丝绳。用以系鹰。　镟(xuàn
旋):系丝绳的转轴。　轩楹:堂前的廊柱。

④"何当"二句　何当:张相《诗词曲语辞汇释》:"何当,犹云
合当也;何合声近,故以何当为合当。杜甫《画鹰》诗:'绦镟光堪
摘,轩楹势可呼。何当击凡鸟,毛血洒平芜。'此何当字紧承上二句
之堪字可字,一气相生,言合当击凡鸟也。"　平芜:平旷的原野。
两句写对鹰的期望,表现诗人的自负不凡与奋发有为的气概。

春日忆李白

　　天宝三年(744)夏天,两颗唐代诗坛的巨星——李白与杜甫在洛阳相会,随后一起游历梁(今河南开封)、宋(今河南商丘)。经过短暂的分离,次年秋两人又在兖州重聚。后来李白往江东去了,杜甫到了长安,他们便不再有见面的机会。此后,杜甫写过多首忆念李白的诗。本诗高度评价李白的诗篇,表现诗人对朋友的深挚情谊和衷心的仰慕。颈联"春天树""日暮云"之句,在后世被提炼为成语,表示朋友的互相怀念,一直沿用至今。

　　　白也诗无敌,飘然思不群。①
　　　清新庾开府,俊逸鲍参军。②
　　　渭北春天树,江东日暮云。③
　　　何时一樽酒,重与细论文?④

【今译】

　　　李白啊,他的诗无与匹敌,他诗思飘逸,超卓
　　　　不凡。
　　　他的诗像庾信一样清新,像鲍照一般俊逸。
　　　在树木已一派春意的渭北,我苦苦地想望远

离的朋友；他也许正对着落日流云，也在思
念我吧！

什么时候我们才重聚把酒，一起细细地评论
诗文？

【注释】

①"白也"二句　也：语气助词，起提顿作用，相当于"啊"或
"呀"。　飘然：指诗思飘逸。　思：读去声，用如名词，指诗的思
想情趣。　不群：不同于一般，不平凡。　两句赞美李白的诗才卓
绝。发端用对句而不觉其对，行云流水，意态自然。"白也"一语甚
妙，如良朋晤对，亲切有味。老杜善用虚字，江西派诗人心摹手追，
瞠乎其后矣！

②"清新"二句　庾开府：庾信，字子山，南北朝诗人。曾任北
周开府仪同三司（司马、司徒、司空），世称庾开府。他早期的作品
绮丽清新，后期的风格转为苍凉萧瑟，为杜甫所推崇。　鲍参军：
鲍照，字明远，南朝诗人。宋时任荆州前军参军，世称鲍参军。他
擅长乐府歌行，对李白颇有影响。　清新、俊逸：均指文艺作品的
风格。　两句以庾、鲍作比，赞美李诗的风格。杜甫曾说"庾信文
章老更成"，又说"流传江鲍体，相顾免无儿"，对庾、鲍诸人甚为推
崇。有人认为两句以庾、鲍相讥，此乃文人轻薄之见。

以上四句为一段，论李白的诗，隐含相忆之情。语言风格亦复
俊逸。

③"渭北"二句　渭北：渭水之北。杜甫时在长安咸阳一带，
故云。　江东：长江下游江南地区。指今江苏南部和浙江北部。
当时李白正浪迹东吴。　两句写对李白想望。诗中对举两地两
景，一者表明两人分隔千里异地，再者写出作者对朋友的思念。这

种思念之情写得婉曲深挚,不着痕迹。春天树,是眼前的实景;日暮云,是作者的想象,亦暗示李白漂泊无定的身世,三字含有无限情意。寓情于景,清新优美,斯为佳句。

④ "何时"二句 樽:酒器。 论文:评论诗文。古时广义的"文"包括诗歌在内。

以上四句为一段,写对李白的怀思仰慕。

浦起龙云:"方其聚首称诗,如逢庾、鲍,何其快也。一旦春云迢递,'细论'无期,有黯然神伤者矣。四十字一气贯注,神骏无匹。"

月　夜

　　天宝十五年(756)六月,诗人把妻儿安置在鄜州的羌村。听到肃宗即位灵武的消息后,杜甫自鄜州只身投奔,途中被安史乱军掳至长安。诗人身陷图圄,心悬妻孥。八月的一个晚上,月华皎洁,夜凉如水,怀人之情又在他心里汹涌起来。他痛苦地思念着鄜州的妻子。

　　整首诗不正面写自己对月怀人之情,而从对面着笔,写妻子对月怀念自己,使自己怀人的愁思显得具体而深切。四联层层推进,可谓匠心独具。王嗣奭说得好:"公本思家,而偏想家人之思我,已进一层。至念及儿女之不能思,又进一层。……'云鬟''玉臂',语丽而情更悲。至于'双照',可以自慰矣,而仍带'泪痕'说,与泊船悲喜、惊定拭泪同,皆至情也。"

今夜鄜州月,闺中只独看。①

遥怜小儿女,未解忆长安。②

香雾云鬟湿,清辉玉臂寒。③

何时倚虚幌,双照泪痕干?④

【今译】

　　今晚鄜州朗月高悬,她独自在对月怀念着我。

我多么怜惜远方年幼的孩子,他们还不懂得
怀念身陷长安的爸爸,更不理解妈妈的心
事呢!

夜雾迷漫,沾湿了她如云般芳美的鬓发;月华
如水,她洁白的双臂定觉寒意吧!

什么时候才能一起倚在薄薄的帷幔之下,让
皎洁的月色透进来,照干两人的泪痕啊!

【注释】

①"今夜"二句　鄜(fū夫)州:今陕西省富县,地处延安市南部,旧时称鄜州、鄜县。　看(kān堪):读平声。　"独"字带起下面两句。施鸿保《读杜诗说》:"今按此言,虽有小儿女在旁同看,然皆未解忆长安,则犹只一人独看也,正起下二句意。"

②"遥怜"二句　怜:怜爱,怜惜。　两句是对"独"字的具体描写,怀人之情推进一层,语极平淡,意极亲切。"遥怜"二字,亲子之情蔼然如见。"未解"二字,既点出儿女的幼小娇痴,更衬出妻子的苦楚,是想象之词,蕴含着诗人深挚的爱。

③"香雾"二句　香雾:仇注云,"雾本无香,香从鬓中膏沐生耳。如薛能诗'和花香雪九重城',则以香雪借形柳花也。"　云鬓:像云一样美丽的鬓发。　清辉:指月亮的光辉。阮籍《咏怀》诗:"明月耀清辉。"　玉臂:像美玉般莹白的手臂。　两句写妻子望月的情景,从侧面写她情意之深切。"鬓湿""臂寒",见看月之久。诗人对月怀人之情又推进一层。傅庚生先生《杜诗析疑》云:"可能这一联就正是为后世的风流文士所窜改的。如作'薄雾(或白露)侵鬓湿,清辉入臂寒',上句设想鄜州的阶前,下句自述长安的月

下，引起结联的'双照'，也许较近于杜诗的风格。"又云："一向他的诗风沉郁怆凉，不惯用倩丽的字句，为什么偏偏在这时候，反而写出'香雾''玉臂'？"傅先生为什么偏偏不许写"香雾""玉臂"呢？闺中之情，此为真挚，吾于老杜无讥焉。

④"何时"二句　虚幌：幌，帷幔。幌薄而透光，故称虚幌。犹阮籍《咏怀》诗"薄帷鉴明月"之"薄帷"。　两句写诗人与妻子月下欢叙的愿望，与首联"独"字照应。"泪痕干"三字含蓄蕴藉，读者可以想象独看明月时悲泪横流的情景。

得舍弟消息二首

天宝十四年(755)十一月,安禄山以奉密旨入朝诛杨国忠为名,从范阳杀向长安。十二月,东京洛阳失陷。次年正月,安禄山称帝于洛阳,潼关被围,长安告急。六月,潼关失守,玄宗仓皇入蜀,长安很快便为叛军所占。《资治通鉴·唐纪》载:"贼每破一城,城中衣服、财贿、妇人皆为所掠。男子,壮者使之负担,赢、病、老、幼皆以刀槊戏杀之。"人民经历着一场空前的浩劫。杜甫的一个弟弟原居洛阳,洛阳陷贼后则举家逃难。当时诗人可能还在长安,处境也十分艰危。得到弟弟平安的消息,感作此诗。

一

近有平阴信,遥怜舍弟存。①
侧身千里道,寄食一家村。②
烽举新酣战,啼垂旧血痕。③
不知临老日,招得几时魂。④

【今译】

近日得到平阴来的消息,知道远方的弟弟还
　幸存下来,真使我悲喜交集。
听说你在千里迢迢之处绕道避乱,眼下正栖

身在荒僻的乡村之中。

新的战事又在激烈地进行着，人们还在为往
日的丧乱而痛哭流泪。

我年已老大，处境艰危，剩下的日子也不多
了，不知还能不能为你们招魂啊！

【注释】

①"近有"二句　平阴：今山东省平阴县。　舍弟：对自己弟
弟的谦称。　由"存"而想到"遥"，由"遥"而想到危，由危而产生
"怜"。这是诗人得到喜讯而不喜的原因。王西樵说："怜存语更
悲。"仇兆鳌理解得更深刻："首章初得消息，怜弟而复自伤也。"
"遥"字，引出颔联上句；"存"字，带起颔联下句；而"怜"字，则是通
篇的诗眼。

②"侧身"二句　侧身：从旁绕道而不走正面的大道。亦有艰
难局蹐之意。　一家村：形容人烟稀少，地处荒僻之乡。　两句分
承上联的"遥"字和"存"字："千里"是"遥"的注脚；"寄食一家村"是
对"存"的具体说明。两句在客观的叙写中包含着诗人的怜弟与
自伤。

③"烽举"二句　烽：古人边境备寇，作高台，上置薪草，寇至，则
燃火报警，谓之烽或烽火。引申为边患或战事。　酣战：长时间紧张
地战斗。　"啼垂"句，极其精炼，它所包含的意思是：一波未平，一波
又起，兵祸相仍，苦难不息，旧痕新泪，何以为怀。此为极痛绝之语。

④"不知"二句　招魂：古时丧礼，谓人死时升屋招回其灵魂；
后世亦有为遭受大难的生人招魂，以作压惊，如杜甫《彭衙行》："剪
纸招我魂。"本诗中"招魂"当用后一义。作者希望能在兵灾之后重
见亲人。

二

汝懦归无计,吾衰往未期。^①

浪传乌鹊喜,深负鹡鸰诗。^②

生理何颜面? 忧端且岁时。^③

两京三十口,虽在命如丝。^④

【今译】

你没有本事,归来无计;我年老力衰,往探
　无期。

你归来的喜讯只不过是空传罢了,你有急难
　我不能往助,实在有负兄弟之情!

我生计无着,潦倒穷愁,惭愧极了——忧患什
　么时候才熬到头啊!

我们分隔在东京西京两家的三十口,虽然都
　还在,处境却是极其危险!

【注释】

①"汝懦"二句 懦:软弱无能。 浦起龙《读杜心解》:"言汝
不能归,吾不能往,消息亦徒然耳。"起句对偶,一气流走,是老杜
家法。

②"浪传"二句　浪传：空传。　乌鹊喜：《西京杂记》："乾鹊噪而行人至。"　鹡鸰诗：《诗·小雅·常棣》有"脊令在原，兄弟急难"句。鹡鸰，即"脊令"，小鸟名。据云其首尾摇动相应，故以喻兄弟之相助。　上句承"汝懦"句，下句承"吾衰"句。

③"生理"二句　生理：生计。　何颜面：还有什么面子，即惭愧之极。　忧端：愁绪。

④"两京"二句　两京三十口：张远注："两京，公在西京，弟在东京也。三十口，合公与弟家属而言。"　命如丝：性命像悬在发丝之上，极言处境之险。

全篇首联与颔联为一段，感叹见面无由，深负手足之情；颈联为一段，叙写自己的窘迫与忧患；尾联又为一段，合写两家处境之险。通篇真气流注，不可句摘，辞语平淡而用意深厚，宋初梅尧臣等每学这一体。

春　望

　　天宝十四年(755)安禄山起兵河北,焚掠中原,攻陷两京。次年七月,杜甫离别了鄜州的妻子,只身赴灵武投奔肃宗,途中被叛军掳至长安。他在极度的忧患与痛苦中度过了一个不寻常的春节。山河破碎,烽烟遍地,妻孥隔绝,这一切所引起的"感"与"恨",他实在是无计排遣啊!

　　国破山河在,城春草木深。①
　　感时花溅泪,恨别鸟惊心。②
　　烽火连三月,家书抵万金。③
　　白头搔更短,浑欲不胜簪。④

【今译】

　　山河虽在,国都已沦陷了。春天的长安城,草
　　　木深密,人迹稀少。
　　想到艰危的时局,难以抑制内心的痛苦,仿佛
　　　春花也流下了悲伤的泪水;
　　想起与妻子隔绝而不能团聚,就无限怅恨,听
　　　见春鸟的和鸣,便越加心烦意乱!

这三个月来，战火不断，妻子隔绝，连家书也
　难得一封。

终日搔头苦想，使花白的头发越来越稀疏，简
　直插不住发簪了！

【注释】

①"国破"二句　国：国都。这里指唐帝国的首都长安。　山
河在：山河依旧。　草木深：草木丛生。　两句概述时局艰危，引
出第三句。"破"与"在"，"春"与"深"，两相对照，感怆无限。

②"感时"二句　感时：因时事而感伤。　花溅泪：或谓写自
己对花流泪，亦通，然意似稍浅。　恨别：因离别而有恨。　鸟惊
心：意思是鸟鸣惊动了愁人的心。　两语景中见情，千古名句。通
过移情作用把自己的身世心事融入景中，物与我浑成一体，确是惊
心动魄的佳构。"感时"与"恨别"，点出了主题。从结构看，前者承
上，后者启下，为全篇枢纽，宜细细体味。

③"烽火"二句　烽火：见《得舍弟消息二首》注。　连三月：
接连三个月不断。这年正月至三月，史思明、蔡希德等围攻太原，
受到李光弼抵抗；郭子仪引兵从鄜州出击乾祐；安守忠等从长安出
兵西寇武功。　抵：当。　"抵万金"三字，极意夸张，以见家书之
珍贵难得。

④"白头"二句　白头：指白发。　短：短缺，稀少。　浑欲：
简直要。　胜（shēng 生）：堪。　簪：古时用来束发于冠的长针
形首饰。鲍照《拟行路难》诗："蓬首乱鬓不设簪。"

喜达行在所^①（三首选二）

原注：自京窜至凤翔^②

至德二年(757)二月，肃宗由彭原迁驻凤翔。杜甫于四月中冒生命危险，从长安金光门逃出，由小路奔至凤翔。这组诗写于到达凤翔之后。这里选的是一、二首。

一

本诗写作者困守长安时的绝望心情，以及脱出贼营到达凤翔的经过。语句质朴，感情迫切。

> 西忆岐阳信，无人遂却回。^③
> 眼穿当落日，心死著寒灰。^④
> 茂树行相引，连山望忽开。^⑤
> 所亲惊老瘦，辛苦贼中来。^⑥

【今译】

我西望凤翔，盼望着来信，但没有人从那边捎
　　寄消息回来。

我对着落日之处望眼欲穿，已死了的心又燃

起了希望之火。

沿途人迹杳然,只有繁茂的树给我引路;远处
　　群山相接,放眼望去,忽然现出了通道。

昔日的亲友同僚,都为我既老且瘦而惊
　　讶——要知道,我是历尽了艰辛从贼军手
　　中逃出来的啊!

【注释】

①　行在所:古代帝王出巡的临时住地。

②　凤翔:原扶风县改名,即今陕西省凤翔县。

③　"西忆"二句　忆:思念。　岐阳:即凤翔。因在岐山之
阳,故名。　遂:终,竟。　却回:返回。指从凤翔回到长安。

　　首句写盼望音讯,次句写希望落空;盼望之切与失望之苦溢于
言表。

④　"眼穿"二句　眼穿:写长时间而专注之望。　当落日:对
着落日之处。即对着西方。与上文"西忆"相应。　著寒灰:死灰
复燃。语本《汉书·韩安国传》。鲍照《赠故人马子乔》诗"寒灰灭
更燃",亦用此意。

　　以上四句为一段,盼望之情深切感人,而失望与希望又交错
起伏。

⑤　"茂树"二句　行相引:沿途指引。　连山:相连接的山。
旧注谓莲花峰。非。　两句承上联次句,写逃奔凤翔途中所见。
诗人走的是小路,故人迹罕至,沿途茂树连山,荒僻寂寥。读者感
觉得到诗人旅途的艰辛和脱险后的喜悦,而这种艰辛与喜悦都不
正面写:艰辛,以景物烘托;喜悦,用山开相关。

⑥"所亲"二句　所亲：亲近的人。　两句写到达凤翔后的喜悦。说"惊"而不说喜，言"苦"而不言甘，读者却又能看出诗人巨大的喜悦，这是其独到之处。

以上四句为一段，写逃奔凤翔沿途所见和到后的心情。

二

本篇写从长安贼中生还及看到凤翔"中兴"气象的喜悦。以昔日之深悲衬托今日之狂喜，对比鲜明。一悲一喜，正见出老杜的至情至性。

愁思胡笳夕，凄凉汉苑春。①
生还今日事，间道暂时人。②
司隶章初睹，南阳气已新。③
喜心翻倒极，呜咽泪沾巾。④

【今译】

还记长安之夜，胡笳阵阵，愁思难遣；宫中的
　　禁苑，即使在春天也分外凄凉。
今日生还实在侥幸——从小路逃奔的时候是
　　多么危险啊！
今天才看到朝廷恢复的典章制度，凤翔已是
　　一派中兴的新气象。

我喜极成悲,无法按抑心潮翻腾,不由得呜咽泣下,泪水沾湿了衣衫。

【注释】

　　①"愁思"二句　胡笳:据《天中记》载:胡笳由张博德从西域传入,李延年改为军乐。此指安史军中之乐。　汉苑:汉朝的宫苑。此指唐长安禁苑,如南苑、曲江等。　两句承第一首,回想困守长安贼中时的所见、所闻、所感。

　　②"生还"二句　意谓昨天还是生死未卜,不知能否活着回到凤翔。　间道:偏僻的小道,所谓"向其间隙之道而行"。　暂时人:意谓随时有生命危险。　两句写从间道逃奔时的险状,流露出死里逃生的喜悦。

　　③"司隶"二句　指唐肃宗恢复的唐制旧章。王莽篡汉后,群雄起兵反莽,更始帝刘玄以刘秀为司隶校尉。刘秀入洛阳,恢复汉朝官属规章。此以喻肃宗的"中兴"。　南阳气:中兴气象。光武帝刘秀,起兵春陵(今湖北枣阳)。望气术士苏伯阿受王莽之遣到南阳,遥望春陵,说:"气佳哉! 郁郁葱葱然。"　两句写到凤翔后看到的"中兴"气象。

　　④"喜心"二句　翻倒:翻转过来。指翻喜成悲。　巾:衣巾,佩巾。　两句极言诗人因见"中兴"有望而喜。末句写的是历尽艰辛的人,一旦获知苦难已过时的真实情景。

收　京 (三首选一)

　　至德二年(757)九月癸卯，广平王收复西京。甲辰，捷报传到凤翔，群臣称贺，即日告捷于蜀，玄宗遣裴冕入京启告社稷。西京收复，大局已定，饱历战乱的诗人，自然喜不自胜。但是，当他想到助唐平乱的回纥诸族可能自此骄纵难御，功臣也会恃功僭奢的时候，他又产生隐隐的忧虑。

　　汗马收宫阙，春城铲贼壕。①
　　赏应歌杕杜，归及荐樱桃。②
　　杂虏横戈数，功臣甲第高。③
　　万方频送喜，无乃圣躬劳。④

【今译】

　　西京收复了，这是了不起的战功！估计明春
　　　邺城可以拿下，叛贼的据点便应铲平了！
　　该唱着《杕杜》行赏啊！朝廷还京正赶得上樱
　　　桃荐庙的时候呢！
　　只怕回纥诸族从此恃功难御，功臣们自此甲
　　　第连云，僭奢无度。

各地都向皇上频频送喜，皇上大抵会太过辛
劳吧？

【注释】

①"汗马"二句　汗马：战马疾驰而出汗，故云。《韩非子·五蠹》："弃私家之事而必汗马之劳。"因以喻征战的劳苦。　收：收复。　宫阙：宫殿观阙。以借代长安。　春城：指春天的邺城。　铲：削平。　壕：沟。指壕沟之类的工事。　首句写收京，带起全篇；次句预期最后胜利。

②"赏应"二句　杕（dì 第）杜：孤生的梨树。《诗·小雅》篇名，为慰劳凯旋将士之诗。沈约《正阳堂宴凯旋》诗："昔往歌采薇，今来欢杕杜。"　及：赶上。　荐樱桃：《礼记·月令》："是月也，天子乃以雏尝黍，羞以含桃，先荐寝庙。"注："含桃，樱桃也。"《汉书·叔孙通传》："惠帝常出游离宫，通曰：'古者有春尝果，方今樱桃熟可献，愿陛下出，因取樱桃献宗庙。'上许之。"荐，献进。

以上四句为一段，写收京一事及设想铲平叛贼之喜。

③"杂虏"二句　杂虏：指助唐平贼的回纥诸族。　横戈数：形容杂虏骄横状。数，多次。　甲第：华贵的住宅。《长安志》："天宝中，京师堂寝，已极宏丽，而第宅未甚逾制。安史之后，大臣宿将，竞崇栋宇，无有界限，人谓之木妖。"　两句意思一转，设想日后回纥诸军跋扈横行和功臣宿将竞尚豪华的情状，表示了诗人的隐忧。

④"万方"二句　无乃：表委婉语气，相当于"恐怕""只怕"等。　圣躬：皇帝。

以上四句为一段，表示对日后的忧虑。事实证明了诗人的预感，自肃宗以后，唐代方镇之祸愈演愈烈，竟成割据局面，以迄于五代。

秦州杂诗①（二十首选三）

唐肃宗乾元二年（759）秋天，关内大饥，时局动荡，民生极苦。杜甫对政治深为失望，便抛弃华州司功参军这个小官，率家西行，流寓秦州，以采药卖药为生。《秦州杂诗》作于此年。全组诗共二十首。吟咏秦州的风物，抒发当时的真实感触，当非一时一事之作。诗篇反映了外族的入侵，社会的动乱，人民的苦难和个人的窘迫，是杜集中感人至深的篇章。　秦州：今甘肃省天水市。

一

这是组诗的第一首，写自己往秦州时的矛盾痛苦心情。笔力苍劲，意境凄寒。

> 满目悲生事，因人作远游。②
> 迟回度陇怯，浩荡及关愁。③
> 水落鱼龙夜，山空鸟鼠秋。④
> 西征问烽火，心折此淹留！⑤

【今译】

沿途所见人民罹难，生计无着，令人悲伤，我为了生存不得不随人远走他乡。

险峻的陇山，越过时感到犹豫胆怯；来至关
　口，面对茫茫的荒野，又愁思无限。

夜经鱼龙川正好水落石出，日行鸟鼠山荒凉
　空寂，一片秋天肃杀的景象。

我准备西行入秦，打听前途是否有战事；要是
　秦州乱起，久留此地，实在安不下心来。

【注释】

① 杂诗：魏晋间诗人多用此题，抒写情怀，内容不一。

② "满目"二句　生事：生计。　因人：随附着别人。一说依
附着别人，谓杜甫之侄杜佐在秦州东柯谷，杜甫前往秦州即依靠
他。　诗人从华州至秦州，沿途所见，尽是饥饿的人群，荒芜的田
野，萧疏的村落。首句五字，是对社会民生的高度概括，同时也深
刻地表现了诗人自己的哀伤之情。

③ "迟回"二句　迟回：徘徊不前。　鲍照《代放歌行》诗："临
路独迟回。"　陇：陇山，一名陇坂。山势绵延险峻，跨陕西宝鸡陇
县及甘肃省清水、天水、秦安等地。《太平寰宇记》卷三十二引辛氏
《三秦记》："陇坂谓西关也。西关，其坂九回，不知高几许。欲上
者，七日乃得越。"杜甫从关中入秦，须度陇山西行。　浩荡：旷远
貌。这里形容忧愁的广大。　关：陇关，即大震关。在今陕西陇县
西。　两句写入秦之难，征途之苦。

以上四句为一段，写入秦途中所见、所历、所感。

④ "水落"二句　水落：水退。　夜：何焯《义门读书记》云：
"《尚书》春言日，秋言夜，夜亦秋也。变文属对，见满目无非兵

象。" 鱼龙：水名。一名龙鱼川，即今陕西汧水上游。《水经注·渭水》："汧水出(汧)县西山，世谓之小陇山，……其水东北流，历涧注以成渊，潭涨不测，出五色鱼，俗以为灵而莫敢采捕，因谓是水为鱼龙水，自下亦通谓之鱼龙川。" 两句写到秦风光。仇兆鳌云："水落山空，秋日凄凉之况。""落""夜""空""秋"四字，写的是秋日萧瑟寂寥之景，抒的是凄凉悲苦之情。"鱼龙"与"鸟鼠"，既是所经的地名，又是山川中特有的动物，恰成佳对。后世之摹拟者，无老杜之笔力，专从此入手，则易得纤巧之弊。

⑤"西征"二句 西征：西行。秦在长安之西，故云。 问烽火：打听是否有战事。《新唐书·吐蕃传》载，安史之乱时，吐蕃常寇边暴掠，威胁陇右。 心折：犹心惊。江淹《别赋》："意夺神骇，心折骨惊。"按，杜甫到秦州数月，因局势不宁，即转同谷入蜀。后秦州果被吐蕃攻陷。

以上四句为一段，写秦州景色和客秦心事。

二

乾元二年(759)春三月，九节度之师溃于邺城。郭子仪诏还京师。仇兆鳌云："良马阵没，秋草徒长，伤邺城军溃。今者龙种在军，而骕骦空老，其哀鸣向天者，何不用之以收后效耶？此盖为郭子仪而发欤。"本篇是组诗的第五首，借咏天马抒发对时事的感愤。

西使宜天马，由来万匹强。①
浮云连阵没，秋草遍山长。②
闻说真龙种，仍残老骕骦。③
哀鸣思战斗，迥立向苍苍。④

【今译】

张骞出使西域，当有天马带回，自此西域的良
马，便大量地输入中国。

多如浮云的天马，与战阵相接，现在都消失
了。战场上，在秋风中，只有遍山的野草。

听说真正的良马，现在还剩下一匹老骕骦。

良马啊，你昂首卓立，因思念战斗而对着苍天
哀鸣。

【注释】

①"西使"二句　西使：指汉张骞出使西域事。《汉书·西域
传》："张骞始为武帝言之，……以请宛善马。"　使：出使。　宜：
当。　万匹：极言马之多，非确数。　强：多。　天马：见《房兵
曹胡马》注。

②"浮云"二句　浮云：喻天马之多。一说为良马名，非。
连阵没：邺城之围，战马万匹，唯存三千，故云。　两句见秋草而思
天马，借伤马以感时事。

③"闻说"二句　龙种：指良马。《北史·隋炀帝纪》："置马牧
于青海渚中，以求龙种。"　残：余。　骕骦：又作"肃爽"。良马的
一种，色白如霜。　两句喻郭子仪诏还京师，有良将还京，空老骕
骦之慨。诗人渴望他重返战场以护边疆。

④"哀鸣"二句　苍苍：指天。《庄子·逍遥游》："天之苍苍，
其正色邪？"　两句设想老将还京，不能驰骋疆场之痛。

三

本篇是第七首,写秦州的地理形势,表现诗人对国事的忧伤,诗意雄奇,境界莽苍,风格顿挫,是杜集中的名作。

莽莽万重山,孤城石谷间。[①]
无风云出塞,不夜月临关。[②]
属国归何晚,楼兰斩未还。[③]
烟尘一长望,衰飒正摧颜。[④]

【今译】

> 群峰层叠,莽莽苍苍,秦州这座孤城就矗立在
> 万山环抱的石谷里。
> 即使山谷里无风,浮云也在高空悠然出塞;夜
> 幕未垂,而明月先已照临边关了。
> 朝廷的使节为什么久久未归?我们的将士
> 啊,还不见凯旋而返。
> 纵目远望,烟尘蔽野,景象萧条,我不免黯然
> 神伤。

【注释】

①"莽莽"二句　孤城:指秦州城。　群峰万叠,高插云表,苍

莽起伏,秦州城蠚立于万山丛中,地势险要。两句拔地而起,壁立万仞,振起全篇精神。

②“无风”二句　李巨仁《赋得镜》诗:“无风波自动,不夜月恒明。”杜诗仿其句法,而境界之壮阔,用意之深厚,远出李作之上。黄庭坚谓“点铁成金”,此为佳例。“无风”“不夜”,或作地名解。非。　因群山所阻,高空有风而地面感觉不到。从地面来看,就仿佛云无风而自飘了。群峰耸峙,万山层叠,高山把阳光挡住,山谷便显得阴沉萧索,白天黑夜便没有明显的界线,月亮出来了,人还未发觉夜已降临,好像“不夜”而“月临”。《水经注》云:“重岩叠障,隐天蔽日,自非亭午夜分,不见曦月。”写的正是这种景象。两句有三重意思:一、从侧面给山势补写一笔,使人有山势超凡之感;二、渲染秦州城一片衰飒凄凉的气氛,隐含诗人的忧伤之情;三、点出秦州地势险要,暗示边患,为下面四句作铺垫。

以上四句为一段,写秦州四面山势,隐含诗人忧伤国事的感情。

③“属国”二句　属国:指苏武。他被汉武帝派去出使匈奴,为匈奴拘留,囚禁了十九年,归国后曾拜“典属国”。这里以苏武代指出使吐蕃的使节。　楼兰斩:《汉书·傅介子传》:“傅介子持节使诛斩楼兰王安归首,县之北阙。……封介子为义阳侯。”这里以苏武和介子的故事,言局势逆转。

④“烟尘”二句　衰飒:指景象萧条冷落。　摧颜:黯然神伤;容颜暗淡的样子。摧,凋残。

以上四句为一段,写诗人对国事的顾念与感慨。

遣　怀

此诗写塞上萧瑟凄清之景,烘托出客居异地的愁绪。

　愁眼看霜露,寒城菊自花。^①

　天风随断柳,客泪堕清笳。^②

　水静楼阴直,山昏塞日斜。^③

　夜来归鸟尽,啼杀后栖鸦。^④

【今译】

浓重的霜露,映入愁人的眼帘,秦州城已为寒
　气所笼罩,菊花寂寞地开放着——谁有那
　份闲情去管它呢!

峭疾的天风把柳枝都吹断了,听着胡笳凄清
　的调子,我这个客居异地的人不由得潸然
　泪下。

平静的水面倒映着楼台平正的影子,太阳西
　坠,塞外的远山逐渐变得昏暗不清了。

夜来鸟雀都归林了,只有迟归的乌鸦因找不到栖身的地方在悲伤地啼叫着。

【注释】

①"愁眼"二句　愁眼:愁人的眼睛。　自花:花不受人注意,无人理会,寂寞地开放着。　两句交代时序,以景写愁。"愁眼"二字,统领全篇。

②"天风"二句　仇兆鳌引刘桢"轻叶随风转"句,指出这是倒装句法。

③"水静"二句　楼阴:楼阁的影子。一作"城阴"。　两句以水静影直、山昏日斜之景,渲染寂寞凄清的气氛。　赵子常云:"'天风'句下因上,'客泪'句上因下,'水静'句下因上,'山昏'句上因下。"

④"夜来"二句　啼杀:啼叫得很厉害。杀,形容极甚之词。　诗人以归鸦自况,感叹自己身世飘零,归依无所。

捣　衣①

这是一首写戍妇怀人的诗,作于乾元二年(759)。这一年安史之乱未息,吐蕃又威胁着边境,唐王朝便无限制地扩大兵员。多少人因戍边而长久地离家,经年不返。本诗通过捣衣这一生活细节,写出了闺中思妇对征人的深切想望。

亦知戍不返,秋至拭清砧。②
已近苦寒月,况经长别心。③
宁辞捣衣倦,一寄塞垣深。④
用尽闺中力,君听空外音。⑤

【今译】

我也知道你戍守边塞回不了家,秋天到了,我
　　拭净那捣衣石,好把你的寒衣洗净寄去。
已近苦寒的月份,我记挂着你衣单受冷,更何
　　况经历了长时间的离别,我怎能不苦苦思
　　念着你啊!
我怎能因劳累而不再捣衣?得赶快把寒衣寄
　　往遥远的边城呢!

我已使尽全身力气,你可听见那郊外捣衣的
声音?

【注释】

① 捣衣:唐时两女子对立,手持木棒捣衣,动作如同舂米
一样。

② "亦知"二句　砧(zhēn 针):捣衣石。　上句劈空而起,从
戍妇心理着笔。一"亦"字,点出思念之久。秋至时想到征夫寒衣
未备,故妻为之捣衣。

③ "已近"二句　本联承首联上句,写怀人之情。"苦寒"月近,
怀人之情自然倍加深切,"长别"又使这种感情益发深沉而难以
排遣。

④ "宁辞"二句　宁辞:岂辞,意谓不辞。　塞垣:边城,丈夫
戍地。　深:远处。　这一联承上联下句,写戍妇为寄寒衣而不辞
劳苦。语真情重,是思妇的口吻,是思妇的心事。

⑤ "用尽"二句　空外:方以智《通雅》卷五:"空外犹言单外
也。……杜诗'君听空外音','空'字,去声。"按,单外,郊郭之外。
空、单均可训为"尽"。　王湾《捣衣》诗有"风响传闻不到君"句,意
与结句相近,但不及杜诗蕴藉含蓄。这一联写戍妇为丈夫尽力捣
衣,希望他了解自己的一番苦心。

月夜忆舍弟

本篇作于乾元二年(759)秋天,时诗人在秦州。

这年九月,史思明的叛军攻陷洛阳,齐、汝、郑、滑四州深陷战乱之中。其时,杜甫的三个弟弟(杜颖、杜观、杜丰)分散在山东、河南,面对兵祸未息,音书断绝,不知何日方见。诗歌因景抒情,情景相应,语言明白简练,至诚感人。

> 戍鼓断人行,边秋一雁声。①
> 露从今夜白,月是故乡明。②
> 有弟皆分散,无家问死生。③
> 寄书长不达,况乃未休兵。④

【今译】

> 戍楼传过来阵阵更鼓,四周人迹杳然,一声凄
>   厉的雁鸣在深秋的边塞上回荡着。
> 又逢白露节的清夜,塞上的月色还像故乡的
>   月色那样明亮。
> 我有几个弟弟,但都分散他乡,也没有个家探
>   问亲人的生死消息。

家信本来就常常寄不到，更何况在兵祸未息之时！

【注释】

①"戍鼓"二句　戍鼓：戍楼的更鼓，用以报时和警戒敌情。　断人行：谓宵禁戒严，更鼓响后不得出行。　两句写秦州战乱的环境气氛。首句为"未休兵"埋下伏笔，次句为忆弟起兴。古人常以雁行比喻兄弟间的关系。这里当暗用此意，意谓自己的孤独。

②"露从"二句　今夜白：意谓今夜逢白露节。　故乡明：仇兆鳌《杜诗详注》："犹是故乡月色也。"　上句交代时节。时序变化，益增怀人之意。下句通过写月色，表现思乡之情，语极朴素，意极深厚。天涯客子，海外离人，读之能无感怆？

以上四句为一段，写月夜之景，寓相忆之情。未涉一"弟"字，而字字有弟在。

③"有弟"二句　这时只有幼弟杜占在杜甫身边，其余三个弟弟都远在山东、河南一带，中间阻兵，彼此音讯隔绝。诗人在洛阳的老家已归不得，故更无从知道兄弟的生死情况了。

④"寄书"二句　长：常。　况乃：转折连词，何况更。　休兵：停战。　本联上句承上联，下句与首句呼应，把相忆之情推进一步，从而突出了全篇的主题。

以上四句为一段，直写相忆之情。

天末怀李白

　　至德二年(757)二月,永王李璘(唐玄宗第十六子)与肃宗争位,由江夏起兵,以北上平乱为名,"总江淮锐兵,长驱河洛。"李璘路经浔阳(今江西九江市)时,因慕李白之名,三次下书征召。李白出于爱国热情,加之政治上的幼稚,便参加了李璘幕府。李璘事败被杀后,李白也以"附逆"之罪被投进浔阳监狱。后来,由于宣慰大使崔涣、御使中丞宋若思等人营救,才被放出。肃宗入京后,他又被重新定罪流放夜郎(今贵州桐梓县一带),途经长江、洞庭湖而入黔。这时杜甫正在秦州,秋天阵阵的凉风,掀起了诗人心中怀人的波浪。

> 凉风起天末,君子意如何?①
> 鸿雁几时到,江湖秋水多。②
> 文章憎命达,魑魅喜人过。③
> 应共冤魂语,投诗赠汨罗。④

【今译】

> 远在天涯的秦州,这时刮起了阵阵寒风,朋友
> 　啊,此时你的心境如何?
> 鸿雁啊,几时才飞到这里,带来朋友的讯息?

长江、洞庭湖一带，风高浪险，你行路必定
　很艰难吧！
文章好像憎恶命运通达的人似的，而那些山
　精水怪都喜欢有人经过，好饱餐一顿。
你路过汨罗江该会与屈原的冤魂叙谈，并且
　作诗投赠凭吊吧！

【注释】

①"凉风"二句　天末：天边，天涯。此指秦州。　君子：指
李白。古人把有高道德的人称为君子。　意：心意，心情。　上句
以"凉风"起兴，下句点出题意。

②"鸿雁"二句　鸿雁：《汉书·苏武传》载：汉人对匈奴使者
说，天子在上林射雁，发现雁足上系有苏武的书信。后因以作信使
的代称。　江湖：时李白正流落在江湘一带。　上句言盼着朋友
来信，下句设想他行路的艰阻。江湖秋水，犹言畏路风波，亦与上
文"凉风"呼应。

③"文章"二句　文章：泛指文学作品。　达：通达。　魑
(chī 痴)魅(mèi 妹)：传说中山林里能害人的妖怪。此喻害人的奸
邪小人。　过：读平声，经过。　两语千古名句，意谓历来有文学
才华的人，往往遭遇不幸，而那些奸邪小人，却在窥伺着人们，待机
陷害，表现了诗人对朋友的深切同情，直抒他对现实的愤激。

④"应共"二句　冤魂：指屈原的冤魂。　汨(mì 觅)罗：汨罗
江，在今湖南省湘阴县东北，相传为屈原自沉之处。　两句承接上
联，与首联下句呼应。诗人设想朋友与屈原的冤魂叙谈，意思是李
白受谗含冤，与屈原同调。

送　远

　　本篇写于杜甫离开秦州之时。诗人与好友话别,临歧相送,执手依依,想到离乱之际旅途中的艰苦情景,不禁悲恸落泪。别后作此诗以寄赠;或谓是诗人离开秦州时自赠之作,似非。

　　带甲满天地,胡为君远行?①

　　亲朋尽一哭,鞍马去孤城。②

　　草木岁月晚,关河霜雪清。③

　　别离已昨日,因见古人情。④

【今译】

　　天地之间,充满了战争祸乱,你为什么还要
　　　远行?

　　亲戚朋友都在同声一哭,因为你跨上马鞍就
　　　要离开这座孤城。

　　时值岁晚,草木凋零,关河寥落,霜雪遍
　　　地——你旅途必定是很艰苦的啊!

　　别时的景物,哭送的情怀,这本来已是过去的

事了,现在还萦回脑际,难以排遣,由此可
见如同古人般深挚的情怀。

【注释】

①"带甲"二句　带甲:穿着甲衣。指士兵。　胡为:为什么
要。　上句写送别的社会背景。时史思明的叛军正控制着河北、
山西一带,故诗人为友人的远行担心。

②"亲朋"二句　尽一哭:同声痛哭一场。　鞍马:坐骑。此
借代离人。　去:离开。　两句有景,有情,有声,也有泪,临歧之
恨写得酸楚深挚。

以上四句,写送别的情景。

③"草木"二句　设想友人路上所见的岁晚景色,烘托他旅途
的艰苦。两句音节奇拗:上句连用五仄声字,下句平平平仄平,声
情相生。

④"因见"句　古人情:指古人高洁的情怀,如对友情的坚
贞等。

以上四句,写忆别之情。

中华聚珍文学丛书——杜甫诗今译

遣　　兴

　　上元元年（760），杜甫卜居于成都城西浣花溪草堂。本篇作于此年。时中原尚乱，诗人有感于弟妹睽离和个人飘零迟暮，借诗以遣怀。

　　干戈犹未定，弟妹各何之？①
　　拭泪沾襟血，梳头满面丝。②
　　地卑荒野大，天远暮江迟。③
　　衰疾那能久，应无见汝期。④

【今译】

　　战乱还没有平息，弟妹们各自都飘零到了
　　　　哪里？
　　我抹着眼泪，泪尽至于见血，染红了衣襟；我
　　　　忧伤过度，致使头发脱落，梳头时便弄得满
　　　　面白发。
　　这里地势低平，荒野更显得辽阔；天空旷远，
　　　　黄昏时的江水似乎流得益发缓慢。

衰弱多病的身体怎能熬久？我怕见不着你们了。

【注释】

①"干戈"二句　干戈：古代两种兵器。借代战事。　之：往。动词。　上句写动乱的时局，下句因上句而发问，写伤离之情。

②"拭泪"二句　拭：抹。　沾襟血：泪水把衣襟沾湿。古人常以啼血形容伤心至极，不是真的哭出血来。　丝：指白发。　两句承首联下句，写手足别离之痛，并带出尾联，为全篇的转枢。

以上四句一段，写在战乱时的伤离之情。

③"地卑"二句　地卑：地势低下。浦起龙云："蜀地不卑，成都四远皆山，故云'卑'。"　两句写天地辽远，隐含身世飘零之叹。

④"衰疾"二句　感叹衰病，不久于人世。

以上四句为一段，抒飘零迟暮之感，语极沉痛，字字血泪。如此等诗，非徒以字句见工，直是一片真气，撼人心魄。

春 夜 喜 雨

本篇上元二年(761)春在成都草堂作。

这时杜甫已有个栖身之地,生活也安定下来,心情自然比羁泊之时好多了。诗人通过细致入微的观察,形象地描绘了江村夜雨的景象,抒发内心喜悦之情。全诗结构严整,语言准确、精炼。这是杜集中深受人们喜爱和称赏的名篇。仇兆鳌说写春雨写得"脉脉绵绵,于造化之机最为密切"。浦起龙认为"喜意都从罅缝里逆透"。这确是一首难得的咏物佳构。

好雨知时节,当春乃发生。①

随风潜入夜,润物细无声。②

野径云俱黑,江船火独明。③

晓看红湿处,花重锦官城。④

【今译】

好雨仿佛也懂得适应季节,在万物萌发的春
    天它就下起来了。

细雨随着东风悄悄地在夜里飘洒,纷纷扬扬,
    不声不响地滋润着万物。

雨云低垂，一片黑暗，笼罩着田野小路，只有
江上的船火忽闪忽闪地亮着。

明早当会看到锦官城里的春花，经雨红润，饱
含水分，沉坠枝头。

【注释】

①"好雨"二句　知时节：懂得季节的需要。　当春：正当春
季。　乃：方始，就。　发生：滋生万物。《尔雅·释天》："春乃发
生。"　两句谓春雨及时。用拟人手法写来，自觉诗人之"喜"。

②"随风"二句　潜：暗暗地。因是春夜细雨，故不易被人们
感到。　两句均从雨本身着笔，写出春雨的形与神。"潜""细"二
字极工。

③"野径"二字　野径：乡间的小路。　两句从大处落墨，写
雨夜郊野的景色。

④"晓看"二句　花重：花因饱含雨水而显得沉重。梁简文帝
《赋得入阶雨》诗："渍花枝觉重。"　锦官城：成都古为织锦业发达
之地，官府曾在此设专门管理机构，因称。　两句写诗人设想锦官
城雨后艳丽的晓景。

中华聚珍文学丛书—杜甫诗今译

江　亭

　　本篇写于上元二年(761)春,时诗人在成都。江亭春暖,诗人野望长吟,见流水潺湲,闲云自在,有超然物外之感;但当他想到中原战乱、故乡难归之时,便愁闷难排。

　　坦腹江亭暖,长吟野望时。①
　　水流心不竞,云在意俱迟。②
　　寂寂春将晚,欣欣物自私。③
　　故林归未得,排闷强裁诗。④

【今译】

　　阳光和煦,我在江亭眺望原野,曼声吟诵,无
　　　拘无束。
　　我心平静,就像潺潺的流水,如同悠闲飘浮的
　　　白云。
　　原野寂寂,时序将是暮春了;万物欣欣向荣,
　　　各得其所。
　　每当想到故乡不得归去,我便愁闷至极,唯有

作诗解闷。

【注释】

①　坦腹：晋代郗鉴使门生到王氏家选婿。王氏子弟都表现得很矜持，唯独羲之在东床坦腹躺着。鉴说："这是好女婿啊！"于是把女儿许配给他。此借王羲之事写自己无拘无束的心境。

②　"水流"二句　心不竞：与世无争的心态。　意俱迟：心与……一起徐徐而动。俱，一起。迟，徐缓。　两句以流水、行云比喻悠然自得、超然物外的心境。　诗人把自己融进大自然之中，与之浑然一体。语言风格很像王维，也颇有点老、庄的味道。

③　"寂寂"二句　物自私：意谓万物各依本性，自得其所。两句承上联，由"寂寂"想到时序迁移，由"欣欣"感到自身飘零，很自然地带出尾联。前人云："此诗转关在五、六句。春已寂寂，则有岁时迟暮之慨。物各欣欣，即我独失所之悲，所以感念滋深，裁诗排闷耳。若谓五、六亦是写景，则失作者之意。"

④　"故林"二句　承上联写不得归中原故乡的愁闷。

水槛遣心 ①（二首选一）

本诗约作于上元二年(761)。这是第一首,写草堂水亭远眺所见的景色,表现诗人闲适的心境。"细雨"二句,抓住了客观景物的特点,造语精工细腻,为历来传诵的写景佳句。

去郭轩楹敞,无村眺望赊。②
澄江平少岸,幽树晚多花。③
细雨鱼儿出,微风燕子斜。④
城中十万户,此地两三家。⑤

【今译】

这里远离城郭,轩廊宽敞,四周没村舍可以极
　目远眺。

满涨的溪水茫茫一片,有些地方堤岸都给水
　淹没了。黄昏中,岸边幽密的树木开满
　花朵。

鱼儿在细雨中游向水面,燕子在微风中斜斜
　地飞翔。

城中人烟稠密,有十万户居住,这地方只有三

三两两的人家。

【注释】

① 水槛(jiàn,舰)：指草堂水亭栏杆。　遣心：散心。一作"遣兴"。

② "去郭"二句　去郭：离开城郭。　赊(shā 沙)：远;长。两句写远望,总起全诗。

③ "澄江"二句　澄江：清澈的江流。此指成都郊外的浣花溪。　少岸：江水满涨,部分江岸被浸,故云。　两句写江岸晚眺之景,着色鲜丽,笔致清新。

④ "细雨"二句　叶梦得《石林诗话》称其"缘情体物,自有天然工妙,虽巧而不见刻削痕。"体物精微,老杜所擅。

⑤ "城中"二句　写野上人家,以城市作对比,更见出江村的幽寂。浦起龙云："偏说有'家',正使'无村'益显。"

中华聚珍文学丛书——杜甫诗今译

客　夜①

　　宝应元年(762)秋,杜甫自绵州至梓州,而家小都在成都。一天,他接到妻子的来信,百感交集,夜不能寐……

　　客睡何曾着,秋天不肯明。②

　　入帘残月影,高枕远江声。③

　　计拙无衣食,途穷仗友生。④

　　老妻书数纸,应悉未归情。⑤

【今译】

　　在他乡作客,我夜里何曾睡得着? 秋夜漫漫,
　　　天老是不肯亮。

　　天边残月一弯,清影入帘;远处江声隐隐,传
　　　来枕畔。

　　我不善谋生,衣食无着,穷得走投无路,只好
　　　靠朋友资助过活。

　　老妻寄来长长的信,埋怨我还不回家——她
　　　该了解我在他乡作客的思绪啊!

【注释】

① 客夜：在他乡作客之夜。

② "客睡"二句　"何曾""不肯"，善用虚词，愁怀毕露。两句点明题意，总起全篇。

③ "入帘"二句　唐人张说《深渡驿》诗："洞房悬月影，高枕听江流。"两句化用其意，开宋人脱胎换骨的法门。赵子常云："惟夜久，见月残；惟夜静，闻江远。"两句以"月影""江声"侧面写愁人不寐。

④ "计拙"二句　计拙：没有好办法。　途穷：道路到了尽头。《晋书·阮籍传》载：阮籍出游时，不择径路，及途穷，辄恸哭而返。　两句写不眠之夜的思想活动，也交代了不眠的原因。用语朴拙，情辞俱苦。

⑤ "老妻"二句　两句承上联，继续写自己的思想活动，总结全篇。

浦起龙云："此因得家书后有感不寐而作。家书中定有催归之语，今所云云，皆'未归情'也。故结言客情若此，老妻亦应悉之，何书中云尔乎？黯然神伤。旧以'数纸'为寄妻之书，恐非。"

客 亭

　　唐人写景,往往寥寥数笔,便意趣横生,如严维"柳塘春水漫,花坞夕阳迟"两句,春意浓郁,色调明艳,梅圣俞曾大为称赏。而杜甫的"日出寒山外,江流宿雾中",以如椽大笔写景,无丝毫纤巧柔媚之意,与严诗相较,虽各有擅胜,而吾取老杜焉。

　　秋窗犹曙色,落木更高风。①
　　日出寒山外,江流宿雾中。②
　　圣朝无弃物,衰病已成翁。③
　　多少残生事,飘零任转蓬。④

【今译】

　　在窗际曙色初露的时候,外边还是秋风峭劲,
　　　落叶萧萧。
　　太阳从寒山那边渐渐地露出,夜雾仍然笼罩
　　　着滚滚奔流的大江。
　　圣明的朝代是物物皆有所用的;我之所以不
　　　为所用,是因为衰弱多病,变成一个老
　　　头了。

垂暮之年还有多少事情放不下啊,我还像蓬
　草一般到处飘零。

【注释】

　　①"秋窗"二句　写秋晨萧瑟的风物。
　　②"日出"二句　宿雾:夜雾,至晓不散的雾。　两句写旷远荒寒的山水,境界甚大。
　　③"圣朝"二句　无弃物:《老子》:"圣人常善救人,故无弃人;常善救物,故无弃物。"　两句是反语,抒发对埋没人材的当权者的满腔激愤,同时也写出了自己穷愁潦倒的处境。孟浩然有"不才明主弃,多病故人疏"句,杜诗意与相似而更含蓄。
　　④"多少"二句　结清一个"客"字,总结全篇。

送元二适江左^①

　　这是广德元年(763)在梓州送别元二之作。才逢又别,客中送客,离怀自与寻常不同。

　　　　乱后今相见,秋深复远行。^②
　　　　风尘为客日,江海送君情。^③
　　　　晋室丹阳尹,公孙白帝城。^④
　　　　经过自爱惜,取次莫论兵。^⑤

【今译】

　　　　乱后到现在才相见,在这深秋时节,你又要远
　　　　　　行了。
　　　　在战乱作客之日,送别你到江海之地,情怀实
　　　　　　在与寻常送别不同啊!
　　　　丹阳尹是晋皇室的所在地,白帝城是公孙述
　　　　　　称帝的地方。
　　　　经过这个地方时千万珍重自爱,不要随便议
　　　　　　论军事啊!

【注释】

① 元二:诗人之友,排行第二,故称。 适:往。 江左:指长江下游南岸地区。

②"乱后"二句 乱后:指广德元年(763)史思明之子史朝义穷蹙自杀,叛乱平定,安史之乱结束。 "今"字,见得相见未久。"今""复"二字,两相对照,有无限惋惜之意。

③"风尘"二句 风尘:指战乱。这时安史之乱才结束不久,接着又有吐蕃入侵,国家仍在战乱之中。 江海:指江左,元二所往。 两句写送别之情。"风尘"承"乱后","江海"接"远行"。"风尘"言时局,"为客"言遭际,"江海"言远行,两句有无穷之悲。

④"晋室"二句 丹阳尹:《宋书》载,汉丹阳郡治宛陵(今安徽省宣城市),晋武帝太康二年分为宣城、丹阳二郡,丹阳郡移治建业(今南京市)。东晋元帝大兴元年改丹阳郡为丹阳尹。 公孙:公孙述,东汉初他改所据鱼复县名为白帝城,自号白帝。 两句写元二往江左途经之地,引出尾联。由梓州往江左,先经白帝后经丹阳,因平仄所限,倒转过来。浦起龙谓"元二必负气好谈兵"。丹阳为晋室偏安之所,白帝乃公孙述称帝之地,作者举二地意见下联。

⑤"经过"二句 取次:随便。 两句承上联写临别赠语,与"乱后""风尘"呼应。"莫论兵"三字,表现了久经丧乱的人们厌战的心情。姜夔《扬州慢》词"自胡马窥江去后,废池乔木,犹厌言兵",亦即此意。

别房太尉墓

本篇作于广德二年(764)二月。时杜甫将从阆州赴成都,行前曾到房太尉墓前哭别。房太尉即房琯,据《旧唐书·房琯传》载,宝应二年四月,拜特进刑部尚书,在路遇疾。广德元年(是年七月改元)八月卒于阆州僧舍,赠太尉。

他乡复行役,驻马别孤坟。①
近泪无干土,低空有断云。②
对棋陪谢傅,把剑觅徐君。③
惟见林花落,莺啼送客闻。④

【今译】

我为了生计又将往别处去了,让我停下马来
　　与你的孤坟作别吧!
悲伤的泪水渗湿了附近的泥土,低空的云朵
　　也停下来表示哀痛。
过去,我曾陪伴你下棋;而今,我似季札挂剑
　　徐君墓上那样不负亡友。
只见林花轻轻飘落,啼莺像是送我这个客人。

【注释】

①“他乡”二句　行役：泛指一切有所作为而出行之事。　驻马：车马停止。　两句紧扣诗题，写别和别因。

②“近泪”二句　两句以夸张、拟人手法，具体形象地写出哀伤之情。房琯在军事上是个无能之辈，但史称他“所在为政，多兴利除害”，“自负其才，以天下为己任”（《旧唐书·房琯传》），故老杜对他颇有好感。

以上四句为一段，写坟前的悲痛。

③“对棋”二句　谢傅：即谢安。《晋书·谢安传》载：“(苻)坚后率众，号百万，次于淮、肥，京师震恐。加安征讨大都督。(谢)玄入问计，安夷然无惧色。答曰：‘已别有旨。’既而寂然。玄不敢复言，乃令张玄重请。安遂命驾出山墅，亲朋毕集。方与玄围棋赌别墅……至夜乃还，指授将帅，各当其任。玄等既破坚，有驿书至，安方对客围棋，看书既竟，便摄放床上，了无喜色，棋如故。客问之，徐答云：‘小儿辈遂已破贼。’”此以谢安比房琯，称美其风度和才略。　徐君：刘向《说苑》：“吴季札聘晋过徐，心知徐君爱其宝剑。及还，徐君已殁，遂解剑系其冢树而去。”此以季札自况。　据《旧唐书·房琯传》载，“琯好宾客，喜谈论”，“招纳宾客，朝夕盈门”。从本诗“对棋”二语，可知其当时颇得士心。然房琯在率军抵御安禄山时，失机大败，诗中以谢安比之，殊觉不伦。

④“惟见”二句　以“花落”“莺啼”表现临别依依之情。

以上四句为一段，写临别留连。

旅 夜 书 怀

　　这首诗抒发了诗人失意官场的愤激以及飘零天地的感慨。尽管前路艰难,但诗语依然雄阔浑厚。杜甫五律,大笔如椽,壮浪恣肆,如本诗"星垂平野阔,月涌大江流"两句,以其磅礴的气势为后人所传诵。

细草微风岸,危樯独夜舟。①
星垂平野阔,月涌大江流。②
名岂文章著,官应老病休。③
飘飘何所似,天地一沙鸥。④

【今译】

寂寂的夜晚,微风吹拂着岸上的小草,樯杆高
　　高的帆船孤零零地靠在江边。
平野空阔,列星在高远的天幕上垂挂着;大江
　　奔流,月影在波浪中涌动。
声名难道仅仅靠文章而得来? 功业难道又要
　　因老病而作罢?
四处飘零的我究竟像什么? 像天地间一只无

所归依的沙鸥!

【注释】

　　①"细草"二句　危樯(qiáng墙):高高的桅杆。危,高貌。樯,帆船的桅杆。　两句写江岸夜泊所见的近景。"细草""微风"与"夜"点染出寂寥的江晚气氛,把一个"独"字烘托出来。

　　②"星垂"二句　垂:一作"随"。　涌:腾跃。形容波光闪动。　大江:指长江。　"垂"字,写在船中平视所见的天边的星光,故益衬出平时之阔。"涌"字,写船附近江面摇荡的月影,烘托出波浪奔流之急。两句写远景,笔势雄奇。前者紧承首句,后者紧接次句。胡应麟拿这两句与李白《渡荆门送别》诗中的三四句相比,说:"'山随平野尽,江入大荒流',太白壮语也。杜'星垂平野阔,月涌大江流',笔力过之。"丁龙友则认为"李是昼景,杜是夜景。李是舟行暂视,杜是停舟细观。"其实胡、丁皆皮相之言,就句论句,未能综全诗而观之。年轻的李白出蜀,故心情开朗,意气豪迈;杜甫作诗已近暮年,景虽宏阔而意象深沉。两家各有胜处,未可轩轾也。

　　以上四句为一段,写的是旅夜之景:前两句写近景,写得细致入微;后两句写远景,写得雄奇壮阔。四句诗总起来烘托出一个"独"字。前两句写"静",唯其"静",才显得"独"。后两句写"空阔",唯其"空阔",才显出"独"。因此,这四句虽是写景,但景中寓情。

　　③"名岂"二句　老病:时杜甫五十二岁,患肺病、消渴(糖尿病)、风痹等疾。　仇兆鳌认为"五属自谦,六乃自解"。黄生虽认为诗中有怨,但"此无所归咎,抚躬自怪之语"。其实,这两句不但有怨,而且饱含着诗人的满腔激愤。这绝不是"抚躬自怪之语",而是对摧残人材的当权者愤怒的责问。两句虚字运用巧妙灵活。老

杜负济世经国之才，素以"致君尧舜上"自期，不甘作一个"纯文人"以终其生，一"岂"字充满不平之气。他作左拾遗时遭贬斥，在严武幕中又因论事而辞去参谋及工部员外郎之职，休官的原因绝非"老病"。这里借一"应"字，自嘲自解。

④"飘飘"二句　何所似：所似何，似什么。　两句是自伤飘零，与次句的"独"字相呼应，而写景四句所寓的正是这种"情"。可以说，这两句是写景四句的绝好的注脚。诗人喜爱沙鸥，屡以自况，如云"白鸥没浩荡，万里谁能驯"，大概是欣赏它那独立不羁、自由自在的生活情趣吧。末句与"乾坤一腐儒"同含愤激自负之意。

以上为一段，总抒旅夜之怀。

江　上

　　又捱过一个不眠之夜,诗人清早起来,倚楼纵目,但见雨洒江天,高风落木。他又一次对镜自怜,看到也像大自然一样萧瑟衰谢的容颜,想起难酬的壮志与未就的勋业,便无限苍凉,感慨万端。

　　江上日多雨,萧萧荆楚秋。①
　　高风下木叶,永夜揽貂裘。②
　　勋业频看镜,行藏独倚楼。③
　　时危思报主,衰谢不能休。④

【今译】

　　江上连日阴雨绵绵,荆楚之地,秋气萧瑟。
　　峭劲的天风,把树林的叶子吹得纷纷坠落,我
　　　拥着貂裘,度过了一个无眠的长夜。
　　我频频揽镜自照,惊叹年华老去,勋业未成;
　　　独个儿倚楼远眺,看着这萧瑟的秋景,便想
　　　起潦倒穷愁的一生。
　　时局艰危,我想着要为皇上出力,以报答知遇

中华聚珍文学丛书——杜甫诗今译

的深恩，如今虽已容颜衰谢，仍壮心未已——我不能意志消沉，就此罢休！

【注释】

①"江上"二句 荆楚：楚国旧地，后泛指两湖地区，有时也单称湖北。 两句写萧瑟的秋气，拗句拗救，音节特美。

②"高风"二句 两句写昨夜在料峭的秋风中不眠的苦况。"高风"句，写失眠时所闻，飒飒秋声，自增人愁绪。

③"勋业"二句 行藏：《论语·述而》："用之则行，舍之则藏。"指出处和行止。 诗人由萧瑟的秋景，想起萧瑟的容颜；由萧瑟的容颜，想到未成的勋业；再回首半生经历，无论是出仕还是家居，都事事不如人意，不禁百感交集。

④"时危"二句 衰谢：衰败凋谢。此指容颜衰老憔悴。 两句由苍凉转而高爽，表示为实现抱负奋斗不息的决心。

月

　　"四更山吐月，残夜水明楼"两句历来脍炙人口，仅十个字，就描绘出一幅绝妙的深秋月夜图：在夜尽更阑之时，一弯月儿从山上破云而出，于是黎明前的黑夜一下子便明亮起来。月色之下，池水波光粼粼，把池面上的楼台也照亮了。……这两句之所以好，关键在"吐"字和"明"字。它们把月写得晶莹璀璨，仪态万千，给这两句以至整首诗抹上了一层神奇、妖媚的银光。苏轼以为"古今绝唱"。

> 四更山吐月，残夜水明楼。①
> 尘匣元开镜，风帘自上钩。②
> 兔应疑鹤发，蟾亦恋貂裘。③
> 斟酌姮娥寡，天寒奈九秋。④

【今译】

> 在夜尽更阑的时候，一弯月儿从山上露出，水
> 　　光和月色把楼台映照得多么明亮！
> 那晶莹璀璨的一弯月儿，仿佛打开的尘匣露
> 　　出的部分镜子，又像挂着风帘的银钩。

那月中的白兔,该是被我的白发吓怕了;而月
中蟾蜍,也许因畏寒而贪恋貂裘吧。

料想月宫寡居的嫦娥,怎抵受得住深秋的
寒冷?

【注释】

①"四更"二句　写月态和月色。苏轼在惠州作《江月五首》
云:"四更山吐月,皎皎为谁明。"虽极力摹拟之,犹觉望尘莫及。

②"尘匣"二句　尘匣:蒙上灰尘的镜匣。鲍照《拟古》诗:"明
镜尘匣中,宝琴生网丝。"　元:同"原",原来,本来。　风帘:临风
的帘子。　上句承首句,下句接次句,两句写月的形状。

③"兔应"二句　兔、蟾:均为神话中月宫之物。　疑:
恐。　鹤发:喻白发。老杜尚有一首《月》诗云:"只益丹心苦,能添
白发明。"可为注脚。　两句借兔、蟾写自己的衰老孤寒。

④"斟酌"二句　斟(zhēn 针)酌(zhuó 茁):料想。　姮娥:即
神话中的嫦娥。　九秋:谓秋季之九十日。　两句以嫦娥自况,写
自己的凄凉寂寞。

孤　　雁

　　这首咏孤雁的诗,约写于大历初。关于本诗的题旨,王彦辅曰:"公值丧乱,羁旅南土(时在夔州),而见于诗者,常在乡井,故托意于孤雁。"黄鹤说得更清楚:"此托孤雁以念兄弟也。"

　　孤雁不饮啄,飞鸣声念群。①
　　谁怜一片影,相失万重云。②
　　望尽似犹见,哀多如更闻。③
　　野鸦无意绪,鸣噪亦纷纷。④

【今译】

　　孤雁不饮也不食,它飞叫着,那声声的鸣叫,
　　　　充满了思念同群的凄楚。
　　它与相失的雁群,隔着重重云海,有谁可怜这
　　　　一片孤影呢?
　　遥望天边,依稀还见到那孤独的影子,它悲切
　　　　的鸣声,仿佛还萦回在人的耳际。
　　那无心的野鸦,它们不理解孤雁的哀痛,也在

纷纷噪闹呢！

【注释】

　　①“孤雁”二句　写孤雁念群之苦。
　　②“谁怜”二句　一片影：极写在茫茫云海中失群之雁的孤单和渺小。　　相失：互相失却。　　两句写孤雁失群之状。
　　③“望尽”二句　仇兆鳌《杜诗详注》：“雁行既远，望尽矣，似犹有所见而飞；追呼不及，哀多矣，如更有所闻而鸣。二句申言飞鸣迫切之情。”仇注误解诗人本意。
　　④“野鸦”二句　以野鸦噪闹，从侧面写孤雁“念群”之苦。

江　涨

　　说到杜诗笔力，人们也许自然地想起"大声吹地转，高浪蹴天浮"两句来。两句当中，又以"吹"字、"蹴"字最为奇隽，可谓一字千钧，壮绝千古！

　　江发蛮夷涨，山添雨雪流。①
　　大声吹地转，高浪蹴天浮。②
　　鱼鳖为人得，蛟龙不自谋。③
　　轻帆好去便，吾道付沧洲。④

【今译】

　　雨降雪融，山洪暴发，发源于蛮夷之地的长江
　　　猛涨起来。
　　洪涛发出巨响，仿佛要推着大地转动；浪头高
　　　卷，像要把天空浮起。
　　鱼鳖为人们捕获，蛟龙也顾不了自己。
　　我正好趁着滔滔的水势，驾起轻帆离开这
　　　里——我的前途就是前往沧洲了。

【注释】

①"江发"二句　蛮夷：古时称四方边境之民,东曰夷,南曰蛮,西曰戎,北曰狄。此指长江发源的西北地区。　两句点题,写"江涨"之因。

②"大声"二句　蹴(cù 促)：用脚踢物。蹴天,犹言"滔天"。两句承上联,写"江涨"之势。

③"鱼鳖"二句　鱼鳖、蛟龙,本水中之物,如今也只得随波逐流,身不由己,以致为人所获,从侧面写江涨之迅猛。

以上六句为一段,从三个角度写"江涨"。

④"轻帆"二句　吾道：孔子常用语。"道不行,乘桴浮于海。"诗人亦有此意。　两句为一段,写"江涨"之情。时局艰危,报国无门,面对暴涨起来的滔滔江水,诗人便产生远行避世的思想。

江　汉

　　为了实现自己的抱负,不断地奋斗和追求,经历了一次又一次的挫折与失败。最后,我们的诗人老了,病了,精疲力竭了,他想起伏枥的老马,记起《韩非子·说林上》的一段话来:"管仲、隰(xí 习)朋从桓公伐孤竹,春往冬反(返),迷惑失道。管仲曰:'老马之智可用也。'乃放老马而随之,遂得道。"于是他又重新振奋起来。

　　本诗作于大历三年(768)秋,时诗人正寓居长江、汉水一带。

　　江汉思归客,乾坤一腐儒。①
　　片云天共远,永夜月同孤。②
　　落日心犹壮,秋风病欲苏。③
　　古来存老马,不必取长途。④

【今译】

　　我是江汉思归的客子,我是宇宙间一个迂腐
　　　　的书生。
　　我与片云一起漂流远天,与孤月共同度过长夜。
　　看见那光芒四射的落日,我就壮心不已;遇着
　　　　肃爽的秋风,我的病也快要好了。

中华聚珍文学丛书——杜甫诗今译

自古以来，人们看重老马的才智而养它——
不必取它奔驰长途的筋力啊！

【注释】

①"江汉"二句　江汉：长江和汉水。泛指荆江以东的湖北地区。时杜甫离开四川后，在江陵居住了一段时期，再前往公安。腐儒：浅薄迂腐的书生。古代不少有独特个性、不同流俗的读书人，常以"腐儒"自称。　上句言滞身江汉，点题并带起全篇。"思归"，点出欲归不得。下句云"腐儒"，有自嘲意，亦有自傲意，"言乾坤之大，腐儒无所寄其身"（陈后山语），写自己的落魄与孤单。

②"片云"二句　承首联，寓情于景，写自己的飘零落寞。远天的"片云""永夜"的孤月，这些客观之景，用上了"共"字、"同"字，便注进了诗人的主观感情，这样便达到了主观和客观的高度统一——景与情的完全融合。这是杜诗的一个突出的艺术特点。《古今诗话》载，杨大年不喜欢杜诗，同乡举出杜诗的好处来说服他，他不服。于是同乡便拈出"江汉思归客"一句要他对，他勉强对了。同乡拿出"乾坤一腐儒"让他比较，他才折服。

以上四句为一段，写自己的处境。

③"落日"二句　落日：既是写眼前景，亦以寓自己已近晚年。时杜甫五十七岁。　欲苏：只是作者的自我感觉，并非病真的好起来。　两句写自强不息、锲而不舍的决心，一扫古来"悲秋"的旧调，可与曹操《龟虽寿》诗"烈士暮年，壮心不已"媲美。

④"古来"二句　存：存养。　两句以老马自况，暗示自己虽年老力衰，但仍有可用之智。

以上四句为一段，写奋斗到底的壮心与信心。

登 岳 阳 楼

　　大历三年(768)春,杜甫携眷自夔州出峡后,流寓江陵、公安。暮冬,泊舟岳阳城下,曾登岳阳楼,写成此律。诗歌意境高浑,语言淳朴,为杜集中名篇。

　　岳阳楼,即岳阳城西门楼,下瞰洞庭湖,气象闳阔。据《太平寰宇记》载:唐开元四年(716),张说任岳州刺史时,常与才士登楼赋诗,题在楼壁上的就有百余首。元人方回又说:"尝登岳阳楼,左序毵门壁间,大书孟诗,右书杜诗,后人不敢复题。"其实不然。自唐至元,登楼题咏的不知多少,但孟诗、杜诗最佳,那是公论。一般人又认为杜诗高于孟诗。《金玉诗话》云:"洞庭天下壮观,自昔骚人墨客,斗丽搜奇者尤众……然莫若'气蒸云梦泽,波撼岳阳城',则洞庭空旷无际,雄壮如在目前。至读杜子美诗,则又不然。'吴楚东南坼,乾坤日夜浮',不知少陵胸中吞几云梦也。"

　　昔闻洞庭水,今上岳阳楼。①
　　吴楚东南坼,乾坤日夜浮。②
　　亲朋无一字,老病有孤舟。③
　　戎马关山北,凭轩涕泗流。④

【今译】

　　从前听说过洞庭湖水势雄阔,今日登上岳阳

楼,才有机会亲睹它的气象。

东南吴楚之地,在此处裂为两半,广阔的天地
也好像在水上日日夜夜飘浮。

亲戚朋友都杳无音信,我又老又病,只有孤舟
作伴。

想到边塞战事频繁,我在长廊上凭栏眺望,不
禁悲哀地痛哭起来。

【注释】

①"昔闻"二句 写初登之喜,点明题意,带起全篇。"昔闻"二字,把诗人所知道的有关洞庭湖的许多传说和诗文,都概括进去了。"今上"二字,表现了欣喜之情——长期以来登临之愿终于实现了。

②"吴楚"二句 吴楚:指春秋战国时吴楚两国之地,位于我国东南,今两湖东部和江西、江苏、浙江一带。 坼:分坼,裂开。 两句写登楼所见。上句意说吴楚地区被洞庭湖分隔。一"坼"字,甚警,暗用《淮南子》"天倾西北,地陷东南"之意。次句用夸张手法,形容湖面宽阔,水势汪洋。

③"亲朋"二句 字:指书信。 老病:时杜甫五十八岁,患肺病、风痹、疟疾。 两句写只身漂泊之感。这种感受,由登楼临眺引起。这一联与上联互相映衬——一宏阔,一狭小,更显出诗人的孤寂。

④"戎马"二句 戎马:喻战事。时吐蕃在西北侵掠陇右、关中一带,长安城中戒严警备。 轩:有窗的长廊或小室。 涕泗:眼泪和鼻涕。 两句写念及国事之痛,为全篇主题。

祠 南 夕 望

中华聚珍文学丛书——杜甫诗今译

　　大历四年(769)春,杜甫由岳州往潭州,途经湘夫人祠。次日,祠南夕望,只见江水悠悠,云沙障目,湘夫人祠隐隐约约地出现在暮色迷蒙的远处……他自然又想起了与自己一样失意的屈原,禁不住发出万古同悲的浩叹。

　　　　百丈牵江色,孤舟泛日斜。①
　　　　兴来犹杖屦,目断更云沙。②
　　　　山鬼迷春竹,湘娥倚暮花。③
　　　　湖南清绝地,万古一长嗟。④

【今译】

　　长长的纤缆牵引着悠悠江水——孤舟,缓缓
　　　　地行驶在黄昏的江上。
　　兴致到来的时候,我扶杖穿鞋,登岸极目,只
　　　　见浮云无际,沙岸延绵。
　　山中女神的形象被春竹遮掩了;湘妃恐怕还
　　　　倚在暮色笼罩的花下吧!
　　湖南这清幽秀绝之地,世世代代的迁客骚人

同会发出深长的感慨。

【注释】

① "百丈"二句　百丈：指长长的竹篾编成的纤缆。　两句写日斜泛舟。纤缆牵引着船行，船上的诗人，觉得仿佛纤缆牵着悠悠的江水。不曰"牵孤舟"，而曰"牵江色"，修辞甚妙。

② "兴来"二句　杖屦（jù 句）：扶杖、穿鞋。　目断：视线到尽头，不能再往前望。断，尽。两句写登岸遥望。

③ "山鬼"二句　山鬼：指屈原《九歌·山鬼》所写的山中女神。　迷春竹：《山鬼》有"余处幽篁兮终不见天"句。诗人由"春竹"想到屈原《山鬼》中的山中女神，并想象她在竹林里若隐若现。　湘娥：即湘妃，湘夫人祠中所供奉的女神。　两句婉曲地写对屈原的凭吊。

④ "湖南"二句　湖南：洞庭湖之南。　张綖云："如此清绝之地，徒为迁客羁人之所历，此万古所以同嗟也。"为地而"嗟"，还是为人而"嗟"？张綖似乎说不清楚。黄生把这首诗比作近体诗中的《吊屈原赋》，自然不错；但它比之一味铺陈的赋来，又显得更有韵致。

曲 江 二 首

　　曲江，当为曲江池。《太平寰宇记》卷二十五："曲江池，汉武帝所造，名为宜春苑。其水曲折，有似广陵之江，故名之。"康骈《剧谈录》："曲江池本秦世隑洲。开元中疏凿，遂为胜境。其南有紫云楼、芙蓉苑，其西有杏园、慈恩寺。花卉环周，烟水明媚，都人游玩，盛于中和上已之节。彩幄翠幬，匝于堤岸，鲜车健马，比肩系毂。……入夏则菰蒲葱翠，柳阴四合，碧波红蕖，湛然可爱。"安史乱后，已无复旧时之盛了。

一

一片花飞减却春，风飘万点正愁人。①
且看欲尽花经眼，莫厌伤多酒入唇。②
江上小堂巢翡翠，苑边高冢卧麒麟。③
细推物理须行乐，何用浮名绊此身。④

【今译】

　　一片花飞，已使春光减色，千万瓣随风飘坠，
　　　正令人愁绝！
　　姑且去看那花快要开完了，要及时让繁花过

眼;不要嫌酒喝得太多而伤怀,还是让美酒
　入唇,一醉方休。

江上的小堂,辛勤的鸟儿正在那里营巢育雏;
　但芙蓉苑畔,高坟前边,麒麟卧地,逝者
　已矣。

细细推敲事物的道理,就须及时行乐,为什么
　还要让浮名束缚自己呢?

【注释】

①"一片"二句　两句写因花落而愁。"万点"与"一片"对照,
春光已逝,益增愁绪。

②"且看"二句　厌:厌弃,嫌。　伤多:太多。　两句言好
景不长,须及时行乐。蒋弱六云:"只一落花,连写三句,极反复层
折之妙,接入第四句,魂消欲绝。"王嗣奭《杜臆》:"飞一片而春色
减,语奇而意深。'欲尽'、'伤多'一联,句法亦新奇。"

③"江上"二句　翡翠:《汉书·司马相如传》颜注:"鸟赤羽者
曰翡,青羽者曰翠。"此借代鸟儿。　麒麟:墓前物,以石雕成。《三
辅黄图校释》卷五:"青梧观,在五柞宫之西。观亦有三梧桐树,下
有石麒麟二枚,刊其胁为文字,是秦始皇骊山墓上物也。"　二语虽
是衬笔,然如吴汝纶所谓"发想惊人",从江上苑边的实景发盛衰兴
亡的感慨。

④"细推"二句　物理:事物的道理。指事物发展变化的规
律。　两句总绾全篇,点出主题。"行乐"一语,有不忍之意。王嗣
奭举出其"沉醉聊自遣,放歌破愁绝"句,谓老杜忧愤而托之行乐
者,甚有见地。

二

本篇与前篇表现同一的主题,诗中描绘了饶有生趣的美好的春景;前篇及时行乐不过说说罢了,本篇则写得相当具体。诗人仕不得志,一发于诗中。

朝回日日典春衣,每日江头尽醉归。①
酒债寻常行处有,人生七十古来稀。②
穿花蛱蝶深深见,点水蜻蜓款款飞。③
传语风光共流转,暂时相赏莫相违。④

【今译】

日日上朝回来便把春衣抵押,到曲江喝个痛
　　快才回家去。
随便走到哪里,那里便有我的酒债,人活到七
　　十岁的,自古以来就很少。
粉蝶在深深的花丛中穿梭飞舞,点水的蜻蜓
　　缓缓地飞翔。
传句话给春光:你跟我一起流转吧! 供我暂
　　时赏玩,可别抛弃我啊!

【注释】

①"朝回"二句　典：抵押，典当。　江头：指曲江。　两句写典衣买醉。春而"典春衣"，正见其穷蹙，日日如此，可谓穷蹙之极；穷蹙之极而每每痛饮，表现出诗人的豪兴。

②"酒债"二句　寻常：古以八尺为寻，倍寻为常。与"七十"相对，犹言平常。　两句写负债喝酒。二语所谓人人心中所有，故能万口流传。

③"穿花"二句　见：同"现"。　款款：缓慢的样子。《韵略》："款，徐也。"　两句承首句"春"字，写美好的春色，推出尾联。繁密的花丛，翻飞的蛱蝶，碧绿的池水，款款而飞的蜻蜓，这些春天的美丽的景物分为两组，合起来构成一幅多姿多彩的春郊风景图。

④"传语"二句　违：违离，违弃。　两句言希望春光暂驻以供赏玩。

九日蓝田崔氏庄

中华聚珍文学丛书——杜甫诗今译

乾元元年(758)杜甫任华州司功,由华州至蓝田,写下了这首著名的七律。

《诚斋诗话》云:"一篇之中,句句皆奇,一句之中,字字皆奇。"悲与欢,别与会,肃杀的秋氛与雄奇清俊的秋景,在诗中奇妙地交织着,而最终烘托出一个"悲"字来。朱瀚云:"通篇伤离,悲秋叹老。"可谓一箭中鹄。　九日:夏历九月九日。即"重九","重阳"。　蓝田:唐属京兆府,在今陕西省蓝田县西。

老去悲秋强自宽,兴来今日尽君欢。①
羞将短发还吹帽,笑倩旁人为正冠。②
蓝水远从千涧落,玉山高并两峰寒。③
明年此会知谁健,醉把茱萸仔细看。④

【今译】

老来遇上萧瑟的秋天,更增添了悲伤之情,但
　　却勉强自找宽慰,难得今天兴致到来,要为
　　朋友尽情欢乐。
爱捉弄人的秋风吹落了我的帽子,露出难看

稀疏的短发，感到真不好意思，我笑着请别
　　人替我把帽子戴好。
　　蓝水汇合着许多山涧之水，由远处奔流而下，
　　蓝田山与华山两峰峥嵘对峙，峻伟雄奇。
　　明年重九宴叙的时候，不知谁还健在？我带
　　着几分醉意拿起茱萸细细地看。

【注释】

　　① "老去"二句　才说"悲"，即说"欢"；虽是"欢"，仍是"悲"。
"悲"是那样深曲缠绵，"欢"又是那样勉强造作。这种为了自己也
为了朋友做出来的"欢"，非但没有为整首诗加进点欢乐的情调，反
而使悲伤的气氛更加浓烈。

　　② "羞将"二句　吹帽：《晋书·孟嘉传》载：孟嘉为"桓温参军，
九月九日温燕龙山，僚佐毕集。……有风至，吹嘉帽坠落，嘉不之
觉"。倩(qiàn茜)：请。　两句承上联的"欢"字，具体写宴叙的兴致。

　　③ "蓝水"二句　蓝水：《三秦记》："蓝田有水，方三十里，其水
北流，出玉石，合溪谷之水，为蓝水。" 玉山：即蓝田山。在陕西蓝
田县，与华山接近。　两句写眼前山水景色，横空而起，笔势雄劲，
令人神动心摇。

　　④ "明年"二句　茱萸(yú于)：植物名。有山茱萸、吴茱萸、食
茱萸三种。古代有重九佩挂茱萸习俗，据说可以避邪长寿。"知
谁健"，呼应"老去"，意谓明年不知自己是否尚在人世。"醉"字与
"仔细"配搭，极妙——醉眼朦胧，又想看个清楚，可想见其凄然、惘
然之情态。两句既是伤别，也是悲秋和叹老。好景不常，盛筵难
再，那伤离的情怀，显得深刻沉远，荡人肺腑。

蜀　相

唐肃宗上元元年(760)，诗人初至成都，访武侯祠而作此诗。

蜀相，即诸葛亮(181—234)，三国时蜀汉的丞相。他扶助刘备建立蜀汉政权。建兴元年(233)被封为武乡侯，因称武侯。《方舆胜览》卷五十一载："武侯庙在府西北二里。……孔明初亡，百姓遇节朔各私祭于道上。李雄称王，始为庙于少城内。"李雄，西晋末年十六国成汉国的建立者，在成都称帝。今武侯庙在四川省成都市南郊，为著名的胜迹。诗中细致地描述了武侯祠所在的环境、景物，热情地赞颂诸葛亮卓越的才能和坚贞的品质。本诗饱含深情，沉郁悲壮，是历代传诵的名作，被誉为"七律正宗"。

丞相祠堂何处寻？锦官城外柏森森。①
映阶碧草自春色，隔叶黄鹂空好音。②
三顾频烦天下计，两朝开济老臣心。③
出师未捷身先死，长使英雄泪满襟。④

【今译】

诸葛亮的祠堂哪里去寻找？它坐落在锦官城
　　外松柏茂盛的地方。

祠堂前边，碧草深深，映于阶畔，春色依然美
　　好；在稠密的绿叶丛中，黄莺徒然发出动听
　　的啼声。

刘备接连三顾草庐，为着同诸葛亮商议天下
　　大计；诸葛亮辅助刘氏父子两朝开创帝业，
　　匡济危时，表现出老臣报国的忠心。

他出师未捷就先死去了，世世代代的英雄都
　　为他感慨落泪，洒满衣襟。

【注释】

①"丞相"二句　丞相祠堂：指武侯庙。丞：一作"蜀"。《三
国志·蜀书·先主传》："章武元年(221)以诸葛亮为丞相。" 锦官
城：见《春夜喜雨》注。　柏森森：森森，茂盛的样子。传说武侯祠
前有古柏，系诸葛亮手植，围数丈。杜甫《夔州绝句》亦云："武侯祠
堂不可忘，中有松柏参天长。"即指此柏。　两句以设问句式写祠
堂所在。"寻"字，见出诗人对诸葛亮倾慕已久，故特意来寻。"森
森"，描写祠堂周围肃穆的气氛。

②"映阶"二句　两句写祠堂荒凉冷落。春色虽美，莺声纵好，
也无人欣赏。诗人以美好之景，写荒凉之状，诗笔婉折隽永。

以上四句为一段，写祠堂之景，寓感物思人之意。

③"三顾"二句　三顾：诸葛亮在东汉末年，隐居邓县隆中。
建安十二年(207)，刘备三顾草庐。他向刘备提出了占据荆、益二
州，联合孙权，抗击曹操，最后统一全国的计策，即著名的《隆中
对》。　两朝：指刘备及其子刘禅两代君主。　开济：开创大业，

匡济危时。　两句赞叹诸葛亮的功绩与精神,着意写其雄才大略和坚忍忠贞。"开",指诸葛亮辅佐刘备建立蜀汉;"济",指辅佐刘禅挽救艰危。

　　④"出师"二句　"出师"句:据《三国志·蜀书·诸葛亮传》载,诸葛亮出兵伐魏,建兴十四年(236),在渭南五丈原(今陕西省郿县)与魏军相持百余日。是年八月,亮病,卒于军中。　两句写诗人的感慨,也表现对诸葛亮"鞠躬尽瘁,死而后已"的精神的敬仰。两语为后世所传诵。北宋抗金名将宗泽临死时长吟此语,大呼"渡河"而死,英雄赍志以殁,千古同慨。

　　以上四句为一段,抒吊古之情。

　　全诗上段写景,下段写情;景与情互为衬托,深刻地表现了主题。

恨　别

　　本诗写于肃宗上元元年(760)夏天。杜甫乾元二年(759)春离别第二故乡洛阳,后来辗转到了成都,至此已过去一年半了。在这些日子里,诗人身在蜀地,心向洛阳。兵戈阻隔,他无计东还,思家恨别之苦在折磨着他。变衰的草木,东去的江水,清宵的月色,白日的流云都会惹动他的愁怀,使他坐卧不宁。

洛城一别四千里,胡骑长驱五六年。①
草木变衰行剑外,兵戈阻绝老江边。②
思家步月清宵立,忆弟看云白日眠。③
闻道河阳近乘胜,司徒急为破幽燕。④

【今译】

　　我离别洛阳,辗转来到四千里以外的成都;叛
　　　军的骑兵长驱直入,战乱已延续五六年了。
　　时序迁移,草木变衰,转徙于蜀中,无日安宁;
　　　因战事阻隔,无计东还,只得长久地留滞草
　　　堂所在的锦江边上。
　　我怀念久别的亲人,徘徊月下,独立清宵;白

昼仰望流云，想起远方的兄弟，困倦而眠。

听说近日官兵乘胜在河阳击败叛军，司徒正急着直捣河北敌人的巢穴。

【注释】

①"洛城"二句 洛城：即洛阳。 四千里：洛阳与成都相距三千里。云"四千里"是约数。一作"三千里"。 胡骑(jì jì)：胡人的骑兵。 五六年：安史之乱起于天宝十四年(755)冬，至此已满五年多。一作"六七年"。 发端用对偶。上句言远别，下句交代背景，点明远别的原因。两句从空间和背景两方面写"恨"，总领全诗。"四千里"，见相隔之远；"长驱五六年"，见时间之久，局势之严重。

②"草木"二句 剑外：剑阁之外，即剑南。此泛指四川北、中部地区。 江边：指锦江边。草堂所在。 两句从时间方面写"恨"。"草木变衰"，说明时序迁移；"衰"字，既实写草木，也烘托出诗人的心境。"剑外""江边"，与上文"四千里"照应。"兵戈"句与"胡骑"句照应。

③"思家"二句 忆弟：指忆在河南、山东的三个弟弟。可参看《月夜忆舍弟》诗及注。 步月：踏月。徘徊月下。 两句写"思家""忆弟"之情，突出"恨"字。清宵应眠不眠，忽行忽立，白日应动不动，困倦闲眠。诗人通过反常生活的描写，表现反常的心境，深刻而曲折地表现了"思家""忆弟"之苦。

④"闻道"二句 河阳近乘胜：上元元年三月，李光弼破安太清于怀州(今河南省沁阳市)城下；四月，又乘胜破史思明于河阳(今河南省孟州市)西渚，斩首一千五百余级。 司徒：官名。李光弼时为检校司徒。 幽燕(yān yān)：指河北叛军根据地。乾元二

年,史思明僭号曰"大燕",以范阳为伪京。时安禄山、安庆绪已死,长安已光复,故诗人希望能迅速犁庭扫穴,剿平叛贼。　两句写闻捷之喜和平定叛乱的急切心情,烘托出一个"恨"字。诗人急着平定叛乱,正是为了早日能回洛阳与家人团聚。这一联仍紧扣"恨别"的题意。

南　邻

　　杜甫居浣花溪草堂时,屋南与朱山人为邻,两人常有往还。与这位邻居有关的诗,除本篇外尚有《过南邻朱山人水亭》一首。本篇写诗人秋日访朱,同游泛溪,直至江村入暮,月上柴门,方始作别。

　　锦里先生乌角巾,园收芋栗不全贫。①
　　惯看宾客儿童喜,得食阶除鸟雀驯。②
　　秋水才深四五尺,野航恰受两三人。③
　　白沙翠竹江村暮,相送柴门月色新。④

【今译】

　　锦里先生头裹乌角巾,收了园中的芋栗,还不
　　　算太穷。
　　儿童看惯了客人,见我来时很高兴;鸟雀在阶
　　　上觅到吃的,见到人也不惊飞。
　　秋日的水溪才不过四五尺深,小船儿也只能
　　　载两三个人。
　　暮色笼罩着江村的白沙翠竹,主人送我到门

中华聚珍文学丛书——杜甫诗今译

前,月亮刚刚升起。

【注释】

①"锦里"二句　锦里先生:锦里,成都地名。汉有隐士角(lù鹿)里。杜甫仿此戏称朱山人。　角巾:四方有角的头巾。为隐者之常服。　两句写朱山人的打扮、身份。"园收"句,以芋栗充饥,本已贫矣,而曰"未全贫",甚有谐趣。

②"惯看"二句　两句写朱山人门前所见。"喜"字,见出诗人温厚,也从侧面写他深受朱山人欢迎。"驯"字,点染朱家门前静穆和平的气氛。两句用倒装格,行文错落有致。

以上四句为一段,写朱山人之居。

③"秋水"二句　野航:野外小舟。　受:承受。　两句为一段,写同游泛溪。对偶轻清活动。

④"白沙"二句　柴门:简陋的门。　月色新:月色初明。两句为一段,写朱山人热情相送。

本篇先写造访,次写同游,结写相送,顺理成章,层次清楚。全诗语言平易,正好写出村居淳厚朴实的生活情趣。

和裴迪登蜀州东亭送客逢早梅相忆见寄

　　蜀州东阁的梅与诗人眼前的梅紧紧相连,裴迪相忆之愁和诗人思乡之愁巧妙地结合。惹动两人异地愁肠的是梅。这梅,有虚写的,有实在的,有古人的,有东阁的,有眼前的。通篇句句写梅,却又不着痕迹;从梅着笔,点出一个"愁"字。蜀州的愁,成都的愁,朋友的愁,自己的愁,相忆的愁,思乡的愁,……这浩荡的愁思充斥天地。前人谓此诗"婉折如意,往复尽情,笔力横绝千古",当非过誉之辞。裴迪,关中人,时在蜀州王侍郎幕中,与王维、杜甫等同游唱和。

　　东阁官梅动诗兴,还如何逊在扬州。①
　　此时对雪遥相忆,送客逢春可自由?②
　　幸不折来伤岁暮,若为看去乱乡愁?③
　　江边一树垂垂发,朝夕催人自白头。④

【今译】

　　东阁的官梅触发了你的诗兴,一如当年何逊
　　　　在扬州看梅写诗一样。
　　这时候,你对着茫茫白雪,思念起远方的朋

友;何况正值早春,依依送客,又怎能愉快
自在呢?

幸好你没有折一枝梅花寄来,引起我岁晚的
伤感,我怎能忍受看梅而惹起的历乱的乡
愁啊!

我这里江边有梅花一树,正渐渐地开着,它朝
朝暮暮,牵惹愁肠,催人头白。

【注释】

①"东阁"二句 东阁:指东亭。泛指接待宾客士人的馆
阁。 官梅:官府种的梅。 何逊:梁朝诗人,曾任扬州太守。何
逊有《早梅诗》(《艺文类聚》)。本诗以何逊比裴迪。 两句点题,
以"梅"字带起全篇。

②"此时"二句 可:怎能,哪能。 两句点出"相忆"二字,写
裴迪诗中相忆之愁。梅花、白雪等早春景色,使送客之情益深,思
友之心益切。二语缠绵曲折,句中无一"梅"字,而实有梅在。

以上四句为一段,均写裴迪之愁。

③"幸不"二句 若为:哪堪,怎能。 两句由裴迪的愁写到
自己的愁。善用虚字,转折玲珑,已臻化境。旧注家谓裴迪原诗当
有可惜不能折梅相赠的话,吾以为不必作此臆测也。陆凯诗有"折
梅逢驿使,寄与陇头人"句,杜甫是反其意而用之。

④"江边"二句 垂垂:渐渐。一说梅花开而下垂,故云。

以上四句为一段,合写诗人之愁,婉转曲折,缠绵往复。

客　至

　　杜甫晚年卜居的草堂,坐落在成都西郊浣花溪畔。他有生以来第一次摆脱了纷扰的世界,在这个狭小的天地里过着半隐居的生活。"厚禄故人书断绝"(《狂夫》),除了偶尔慕名而来的客人外,他的住处是难得有人过访的。一天,一位难得的客人来了,这使他喜出望外。　本诗原注云:"喜崔明府相过。"明府,唐人对县令的称呼。崔令,名籍未详。

　　舍南舍北皆春水,但见群鸥日日来。①
　　花径不曾缘客扫,蓬门今始为君开。②
　　盘飧市远无兼味,樽酒家贫只旧醅。③
　　肯与邻翁相对饮,隔篱呼取尽余杯。④

【今译】

　　草堂南面、北面尽是碧绿的春水,只见成群结
　　　队的鸥鸟天天飞到这里来。
　　花径从来没有为客人打扫过,我这破敝的柴
　　　门今日才为你打开。
　　这里离市镇太远,没有可口的佳肴;由于家境

贫穷，只有一点旧酿的浊酒。

要是你愿意与邻居的老头对饮，我就隔着篱笆喊他过来一起干杯。

【注释】

①“舍南”二句　但见：只见。　两句写住处幽僻和诗人的寂寞，以突出颔联客至之喜。《列子·黄帝篇》："海上之人有好沤（同"鸥"）鸟者，每旦之海上从沤鸟游，沤鸟之至者百往而不止。其父曰：'吾闻沤鸟皆从汝游，汝取来，吾玩之。'明日之海上，沤鸟舞而不下。"古人以鸥为"忘机"的象征。下句写"群鸥"，一者写出索居寂寞、少人来访，二者表示自己脱俗忘机，三者作为引端，暗示宾主真率的情谊。

②“花径”二句　缘：因，为了。与下文"为"字互文。　蓬门：编蓬草为门，犹言柴门。　君：指崔令。　两句写客至之喜。诗人不直写"喜"字，而以为客打扫花径、打开柴门，从侧面表现喜悦之情。"不曾"写来客稀少，亦谓自己不轻易接待访客。"今始"表示对崔令的亲切，也表示对他的看重。

以上四句为一段，写客至。黄生认为这四句"有空谷足音之喜"。"蓬门"句点题。高步瀛谓"层层反跌，一句到题，自然得势"。

③“盘飧”二句　飧（sūn 孙）：指菜肴。《诗·魏风·伐檀》毛传："熟食曰飧。"　兼味：重味。无兼味，犹言菜少。　醅（péi培）：浊酒，没有滤过的酒。　两句写对客人的招待简朴，可见诗人不拘礼节，自然真切。

④“肯与”二句　肯：若肯，如果愿意。　邻翁：或谓指南邻朱山人。　呼取：犹言呼得，叫来。　取：语助词。

送韩十四江东省觐^①

本诗作于上元二年(761)。

这不是一首普通的送别之作。它不单写两人的离情别绪，还写了诗人的思乡之痛，更难得的是反映了社会的动乱，人民的离散。　韩十四：诗人的朋友和同乡。他的家人可能因战事避乱江东。十四，是韩的排行。唐人以同一祖父所出排行第。

兵戈不见老莱衣，叹息人间万事非。^②
我已无家寻弟妹，君今何处访庭闱？^③
黄牛峡静滩声转，白马江寒树影稀。^④
此别应须各努力，故乡犹恐未同归。^⑤

【今译】

在兵燹中，我已看不到像老莱子那种娱亲尽
　孝的人了。人世间万事全非，令人感叹。
我已家人离散，弟妹无处可寻，你现在到哪里
　去寻访双亲？
黄牛峡一片寂静，只听河滩水声转动；白马江
　寒气袭人，但见稀疏的树影。

中华聚珍文学丛书——杜甫诗今译

这次分别以后须各自努力啊！我们恐怕不能
一起回故乡了。

【注释】

① 江东：长江下游。江淮、吴会皆称江东。　省(xǐng 醒)：省亲。　觐(jìn 近)：会见。

② "兵戈"二句　兵戈：借代战事。　老莱衣：谓老莱子娱亲尽孝之事。《艺文类聚》卷二十引《列女传》："昔楚老莱子孝养二亲，行年七十，身着五色斑斓衣，为亲取饮。"　两句言战乱离散，亲子不能尽孝，总起全篇。"兵戈"，写背景；"万事非"，表现诗人对现实的否定和愤慨。

③ "我已"二句　庭闱(wéi 围)：父母的居室。借代父母。两句承上联写亲人离散之痛。疑韩氏此行，尚未得父母确实消息，到江东后始查访。以己家与韩家对照，写出人民普遍的乱离之苦，极沉郁顿挫之致。

④ "黄牛"二句　黄牛峡：《水经注疏》卷三十四："夷陵有黄牛山，在今东湖县西北八十里，亦曰黄牛峡。下有滩，名曰黄牛滩。"为韩氏赴江东必经之地。　白马江：唐蜀州江名。在崇庆县东北十里。当为杜、韩二人送别之处。时杜甫在蜀州访高适，即将返回成都。　两句写韩十四出峡所经。诗人以景物渲染萧瑟寒峭的气氛，隐含凄然的离别之情。

⑤ "此别"二句　未同归：韩往江东，杜返成都，故云。　两句写临别赠语和诗人的故乡之思。

野人送朱樱^①

　　一天，村民给杜甫送来了满满的一笼樱桃。这些樱桃色艳香浓，匀圆可爱。这使他想起肃宗赏赐群臣的情景，引起他身世之叹。全篇由物而情，以小见大，借题发挥，寄意深远。

　　西蜀樱桃也自红，野人相赠满筠笼。^②
　　数回细写愁仍破，万颗匀圆讶许同。^③
　　忆昨赐沾门下省，退朝擎出大明宫。^④
　　金盘玉箸无消息，此日尝新任转蓬。^⑤

【今译】

　　西蜀的樱桃也是一样的红艳，村民赠给我满
　　　满一竹笼。
　　几回轻轻地倒入盘中，仍怕它们损破；千颗万
　　　颗匀圆可爱，惊讶与往日皇上赏赐的如此
　　　相同。
　　想起昔日在门下省得到皇上赏赐，退朝时恭
　　　敬地举着樱桃走出大明宫。
　　金盘玉箸之事再也没有听闻了，今日我品尝

着新鲜的樱桃,犹在蜀地飘零。

【注释】

① 野人:村野之人,村民。

②"西蜀"二句 筠(yún 匀)笼:盛物的竹器。 两句写樱桃色红数多,并点明题意。"也自"两字,直贯全诗。

③"数回"二句 细写:轻轻地倾倒。写,同"卸",倾倒。讶:惊讶。 许:如许,这样。 两句写樱桃匀圆、熟透,体物精微,足见诗人心细,亦表达他对"野人"赠樱桃的喜悦。

④"忆昨"二句 擎:向上托,举。 沾:犹言分润。所谓沾雨露之恩。 门下省:官署名。与中书省同掌机要,共议国政,并负责审查诏令,签署章奏,有封驳之权。 大明宫:在禁苑之东,朝会之地。 两句回忆皇上赏赐之事。唐李绰《岁时记》:"四月一日,内园荐樱桃,寝庙荐讫,颁赐各有差。"

⑤"金盘"二句 金盘玉箸:朝中用以赏赐樱桃的器物,借代赏赐之事。《拾遗录》:"汉明帝于月夜宴赐群臣樱桃,盛以赤瑛盘。" 无消息:时肃宗已死,故云。 箸,筷子。 两句慨叹往事不返,身世飘零,总结全篇,点出主题。

秋　尽

中华聚珍文学丛书——杜甫诗今译

　　宝应元年(762)七月,严武召还,杜甫送至绵州。未几,剑南西川兵马使徐知道叛乱,杜甫携家入梓州避乱。本诗当作于此时。

　　秋尽东行且未回,茅斋寄在少城隈。①

　　篱边老却陶潜菊,江上徒逢袁绍杯。②

　　雪岭独看西日落,剑门犹阻北人来。③

　　不辞万里长为客,怀抱何时好一开?④

【今译】

　　秋天尽了,我东行还没有回家——我的草堂
　　　就在成都浣花溪畔。

　　成都草堂篱边的菊花该萎谢了吧,我在江上
　　　虽得到朋友盛情款待也难以开怀。

　　我望着西边雪岭上的太阳下山,想起剑门还
　　　是为乱兵所阻,北人无法到来。

　　我本已甘愿万里飘零,长作他乡之客,但我的愁怀几时才得以舒展呢?

【注释】

①"秋尽"二句　茅斋:茅舍,诗人所居。　隈(wēi煨):水弯曲的地方。　少城:即小城。在成都大城西,相传为秦惠王时张仪所筑。　两句写东行未归。"秋尽",交代时间;"东行"与"少城",点出离家,为思家作铺垫,与首联相呼应。

②"篱边"二句　陶潜菊:陶潜有"采菊东篱下,悠然见南山"句,故云。　袁绍杯:袁绍,东汉末年官僚,曾起兵伐董卓,据有冀、青、幽、并四州,后被曹操所败。袁绍杯,用郑玄事。《后汉书·郑玄传》载,"大将军袁绍总兵冀州,遣使邀玄,大会宾客。玄最后至,乃延升上坐。身长八尺,饮酒一斛,秀眉明目,容仪温伟。"诗中比喻自己在梓州受到李瑀的接待。　两句承首联,写思家之愁。亦以陶潜、郑玄自喻品格清高和才华俊逸。"老却",蕴含无限惆怅;"徒逢",写思家之愁无法排遣。

③"雪岭"二句　雪岭:即雪山。在松州嘉城县(今松潘县)东八十里,常年积雪,故名。这一带是唐与吐蕃的分界,为军事要地。　剑门:山名。一名大剑山,在四川省剑阁县北。为陕西入四川的交通要道。时徐知道余党未靖,道路阻绝。　北人:指在陕西的人。　上句仍写思家,下句说明不能归家的原因。"剑门犹阻"四字,说明思家原因,是全篇的关键。

④"不辞"二句　就成都而言,梓州是客地;就故乡而言,成都又是客地。诗人即使身在成都,仍然是客,故有此叹。"万里"是空间,"长"是时间。从时空方面写愁怀,收到很好的艺术效果。"不辞"二字尤妙,表现了诗人无可奈何的痛苦心情。

闻官军收河南河北

　　宝应元年(762)冬,官军收复洛阳;广德元年(763)正月,叛将史朝义自缢,部将田承嗣、李怀仙来降。至此,河南、河北叛乱平定,安史之乱这场浩劫即将结束。当时杜甫正避乱梓州。消息传来,他欣喜若狂,便提起笔来一口气写下了这首千古传诵的杰作。

　　本诗感情洋溢,热烈奔放,它表现了在饱受乱世流离的痛苦之后、和平消息突然传来时的那种狂喜。诗人热爱国家和人民,所以诗中不仅仅表现了个人的感情,还吐出了千千万万人民的心声。黄生云:"杜诗强半言愁,其言喜者,惟寄弟数首及此作而已。"这首诗一洗愁容,是老杜平生第一快诗。说它"快",因为狂喜之情如决堤之水,奔流横溢;说它"快",还因为它尽弃雕饰,真气流走,如疾风掣电,砰然直泻。河南河北,指今洛阳一带及河北省北部。

　　剑外忽传收蓟北,初闻涕泪满衣裳。①
　　却看妻子愁何在,漫卷诗书喜欲狂。②
　　白首放歌须纵酒,青春作伴好还乡。③
　　即从巴峡穿巫峡,便下襄阳向洛阳。④

【今译】

　　在剑外忽然传来了收复蓟北的消息,刚听到

时，泪水把衣裳都沾湿了。

回头再看妻子儿女，他们的愁容都不知哪去
　　了；我胡乱地卷起诗书，高兴得简直要发狂。

我这个白首老人要放声高歌，尽情痛饮，有明
　　媚的春光作伴，正好起程回乡。

就从巴峡直下巫峡，抵达襄阳然后向洛阳
　　进发。

【注释】

①"剑外"二句　剑外：剑南，四川剑门关以南。代指蜀
中。　蓟(jì 计)北：蓟，蓟州(今河北省蓟县)。蓟北，泛指河北省
北部，为叛军的根据地。　两句写初闻收蓟北之喜。在延续七年
多的战乱中，诗人目睹叛军"杀戮到鸡狗"的暴行以及人民颠沛流
离的惨象；而诗人自己也曾身陷胡虏，饱尝亲人离散、飘零异地之
苦。如今蓟北收复，大局已定，他怎不欣喜若狂？两句用笔极妙，
不写欢笑而写"涕泪"，不似喜而似悲。惊喜之极，不能自主。一刹
那间种种复杂的感情，全赖"忽传"二字传出。

②"却看"二句　却看：再看，回头看。　愁何在：谓妻子不
再忧愁。或谓指自己不用为妻子担忧，亦通。　漫卷：胡乱地卷
起。意谓草率地收拾。顾修远云："漫卷者，抛书而起也。"似不
妥。　两句承首联进一步写闻讯以后的喜悦；下句写作还乡之计。
又是看看妻儿是不是也像自己一样地高兴，又是草草地卷起诗书
作还乡之计，诗人欢喜得几乎发狂了。直到第四句才点出"喜"字，
破涕为笑。"漫卷"二字甚妙，写出了"欲狂"的失常举动。

③"白首"二句　放歌：放声高歌。　纵酒：尽情喝酒。　青

春：春天。因春季草木一片青葱，故云。　上句言放歌、纵酒以抒怀贺喜，下句点出"还乡"二字，两句仍写喜悦之情。"放歌""纵酒"，把"喜"推上了新的高峰；"青春作伴"，写出了诗人内心之"快"——诗人沉郁幽暗的心底，仿佛投进了明丽的春光。

　　④"即从"二句　巴峡：泛指四川省境内的一段水路。　巫峡：三峡之一。在今四川省巫山县东。　向洛阳：诗人原注："余田园在东都。"杜甫先世为襄阳人，曾祖杜依艺为巩令，徙至河南，父杜闲为奉天令，徙至杜陵，而田园尚在洛阳。　"即从""便下""穿""向"，把巴峡、巫峡、襄阳、洛阳四个地方连成一线，表现了诗人"还乡"的急切之情，也从侧面写出他的"快"。

中华聚珍文学丛书——杜甫诗今译

送路六侍御入朝

　　这首诗写送别一位少年时的好友。本是平凡的题材,在诗人笔下,却写得婉曲有致,变化离合,可见老杜的大手笔。

　　童稚情亲四十年,中间消息两茫然。①
　　更为后会知何地？忽漫相逢是别筵。②
　　不分桃花红似锦,生憎柳絮白于绵。③
　　剑南春色还无赖,触忤愁人到酒边。④

【今译】

　　童年时代我们就情如手足,已有四十年的友
　　　谊;只不过中间隔绝,消息茫然。
　　今后我们不知在何处再会,匆匆一聚,马上又
　　　要分别了。
　　桃花像织锦一样艳红,实在可恼;柳絮比丝绵
　　　还要洁白,也令人厌恨!
　　剑南的春色啊,真是毫无情理,还有意到别筵
　　　上触动离人的愁怀。

【注释】

　①"童稚"二句　茫然：渺茫，模糊不清。　两句写友谊悠久，却长期隔绝，为下文写离愁作铺垫。

　②"更为"二句　更为：再，复。为，助词。　忽漫：突然，匆匆。刘淇《助字辨略》："'忽漫相逢是别筵。'忽漫，犹言率尔。"　两句写乍逢又别。

　③"不分"二句　不分（fèn 份）：犹言不忿。　锦：有彩色花纹的织物。　生憎：憎恶。生，发语词。　柳絮：柳树的种子带有白色绒毛，称为柳絮，春末飘落，蒙蒙漫天。　绵：丝绵。精美的称绵，粗劣的称絮。　桃红絮白，本是美丽的春色，而曰"不分""生憎"，从侧面写出自己的恶劣心绪。

　④"剑南"二句　剑南春色：即上文的桃花似锦、柳絮如绵。　无赖：撒泼，不讲道理。　忤（wǔ 午）：逆。　酒边：酒中。指送别的酒席。

中华聚珍文学丛书——杜甫诗今译

将赴荆南寄别李剑州^①

　　宝应元年至广德二年(762—764)三月,杜甫流寓绵州、梓州和阆州。他几次打算离蜀出峡,因严武再镇成都而没有成行。本篇作于广德二年春。诗歌章法严谨,句法生动。明七子极力摹拟,亦徒得其皮毛而已。

> 使君高义驱今古,寥落三年坐剑州。^②
> 但见文翁能化俗,焉知李广未封侯?^③
> 路经滟滪双蓬鬓,天入沧浪一钓舟。^④
> 戎马相逢更何日? 春风回首仲宣楼。^⑤

【今译】

　　你道义高超,堪与古人并驾齐驱,但在剑州三
　　　年任内却受到冷落。
　　只见文翁能教化风俗,怎知李广不能封侯?
　　我途经滟滪堆,双鬓蓬乱,年华渐老。水天相
　　　接,转入沧浪水中,驾一叶钓舟。
　　战乱中我们更不知何日相会,在春风吹拂的
　　　时候,我登上仲宣楼深深怀念家乡。

【注释】

① 荆南：荆州之南。荆州，在今湖南省、湖北省一带。　李剑州：李为姓，剑州在蜀，因李为剑州刺史，故称。

②"使君"二句　驱今古：今人与古人并驾齐驱。　使君：指刺史，一州中最高行政长官。　两句写李刺史的品德和遭遇。

③"但见"二句　文翁：《汉书·循吏传》："文翁，庐江舒人也。……景帝末，为蜀郡守，仁爱好教化。见蜀地辟陋，有蛮夷风，文翁欲诱进之，乃选郡县小吏开敏有材者张叔等十余人，亲自饬厉，遣诣京师，受业博士……又修起学宫于成都市中，招下县子弟以为学宫弟子……繇是大化，蜀地学于京师者，比齐、鲁焉。"　化俗：教化风俗。　焉：疑问代词。怎，哪。　李广未封侯：李广，汉武帝时将军，身经百战，却始终没有封侯。《史记·李将军列传》："广尝与望气者王朔燕语，曰：'自汉击匈奴，而广未尝不在其中，……然无尺寸之功以得封邑者，何也？岂吾相不当侯邪？且固命也？'"　两句以文翁、李广喻李剑州。上句写其政绩，下句是对朋友的宽慰。按，安史之乱后，各州刺史多用武人，观"李广"句可知。

④"路径"二句　滟滪：滟滪堆，在瞿塘峡口。　蓬鬓：蓬乱的鬓发，形容潦倒之貌。　沧浪（láng 狼）：水名，在荆州。杨德周云："武当县有川曰沧浪。"按，沧浪亦指隐居之地。　两句设想赴荆南之路和途中的状况，境极阔大，意极深厚。前人注解，强调"沧浪"为水名，只谓诗人经滟滪堆进入沧浪水而已。其实这两句已概括诗人的身世和意愿。

⑤"戎马"二句　仲宣楼：唐当阳县城楼。仲宣曾登楼作赋怀归，故称。

登　楼

　　安史之乱的直接恶果，是吐蕃入侵。广德元年（763）七月，吐蕃入泾州，犯奉天、武功，京师震动，代宗仓皇逃往陕州。十月，长安便落入吐蕃之手。《旧唐书·代宗纪》："吐蕃入京师，立广武王承宏为帝，仍逼前翰林学士于可封为制（起草诏书）封拜。辛巳，车驾至陕州。子仪在商州，会六军使张知节、乌崇福、长孙全绪等率兵继至，军威遂振。……庚寅，子仪收京城。"但事情仍远未了结，同年十二月，吐蕃陷松州、维州、云山城、笼城，西川节度使高适不能救，于是剑南、西山诸州亦入于吐蕃。

　　此诗为广德二年（764）春杜甫初归成都时作。诗歌写登楼所见所感，气象雄浑，感慨深沉，如《石林诗话》所云："句中有力，而纡徐不失言外之意。"

花近高楼伤客心，万方多难此登临。①

锦江春色来天地，玉垒浮云变古今。②

北极朝廷终不改，西山寇盗莫相侵。③

可怜后主还祠庙，日暮聊为梁甫吟。④

【今译】

　　在万方多难的时候登楼临眺，高楼附近的春

花只会惹起我的哀伤。

锦江浩荡的春色仿佛从广阔的天地奔到眼
　　前，玉垒山风云变幻，象征着古今人事的
　　变迁。

大唐王朝始终是不改的，西山贼寇休想到来
　　侵犯！

虽是亡国之君的蜀后主，但至今仍然享受祭
　　祀；在暮色苍茫之际，我吟唱起《梁甫吟》来
　　聊以遣怀。

【注释】

　　①"花近"二句　客：作者自指。　万方多难：指吐蕃入侵之
事。　登临：登高临眺。　两句点明题意，总领全篇。上句与"感
时花溅泪"意近，下句概指时事艰危，说明伤心的原因。用倒装笔
法，起句便觉气势耸峻。

　　②"锦江"二句　锦江：岷山支流，江水从灌县来。　玉垒：
山名。在今四川省茂汶羌族自治县。　两句承首联写登楼所见。
以"天地"概括广阔的空间，以"古今"概括久远的时间，写得雄浑苍
茫，有很强的艺术感染力。

　　③"北极"二句　北极：北极星，喻唐王朝。　终不改：北极
星在天空的位置不动，以比唐王朝万世长存。时长安已为郭子仪
光复。　西山寇盗：指西边的吐蕃。西山，指岷山山脉。　上句言
朝廷永固，下句忧吐蕃之侵。《杜臆》云："曰'终不改'，亦幸而不改
也；曰'莫相侵'，亦难保其不相侵也。'终'、'莫'二字，有微意在。"

颇能道出诗人的深意。

　　④ "可怜"二句　后主：指三国时蜀后主刘禅。　还：仍。
《梁甫吟》：《三国志·蜀书·诸葛亮传》："亮躬耕陇亩,好为《梁甫
吟》。"　两句借凭吊古迹以表示对时事的慨叹：上句叹后主用黄皓
而亡国,暗指唐代宗宠信宦官以"蒙尘";下句是说,由后主联想到
孔明,于是吟唱起他爱唱的《梁甫吟》,借诗遣怀。

宿　　府①

　　广德二年(764)严武再镇蜀,杜甫回到成都草堂,被严武推荐为检校工部员外郎,赐绯鱼带,并在节度使署中任参谋。杜甫看在朋友分上,只好勉为其难,在严武幕中工作。本诗作于是年秋天。诗中描述在幕府中独宿的冷寂情景,回顾十年来流离落泊的生活,有无限感慨。

清秋幕府井梧寒,独宿江城蜡炬残。②
永夜角声悲自语,中天月色好谁看?③
风尘荏苒音书绝,关塞萧条行路难。④
已忍伶俜十年事,强移栖息一枝安。⑤

【今译】

　　清秋时节,府署井畔的梧桐在寒风中萧瑟零落;我在江城度着不眠之夜,蜡烛也快要点完了。

　　长夜中听到凄厉的角声,不由得悲酸自语;当空的月色虽然姣好,谁去欣赏?

　　在战乱中岁月流逝,乡书隔绝;关塞萧条,归路艰难。

已忍受了十年孤独痛苦的生活，如今姑且就
任幕府，暂时安身吧！

【注释】

①府：指幕府。军旅出行，施用帐幕，因以"幕府"称古代将军的府署。

②"清秋"二句　井梧：梧桐每植于井畔，故云。　江城：指成都。成都在锦江之畔。　蜡炬：蜡烛。　两句点明题意，带起全篇。

③"永夜"二句　永夜：长夜。　角：军中号角，一名画角。　两句承首联写"独宿"的所见所闻，句法特异，为"五二"句式。"悲""好"二字，贯串上下，是二语的关键。或谓"自语"形容角声时断时续，亦通。

④"风尘"二句　风尘：代指战乱。杜诗中多用此语。　荏苒（rěn rǎn 忍染）：谓岁月推移。　上句言战乱连绵，得不到家人消息，下句谓无法归家。两句合写思乡之苦。

⑤"已忍"二句　伶俜（líng pīng 玲乒）：孤独。此有奔波飘零之意。　十年：自安禄山初反，至此十年。　强移：姑且相就。强，读上声。　栖息一枝：《庄子·逍遥游》："鹪鹩巢于深林，不过一枝。"本诗以鸟栖息枝头设喻"独宿"，与上文"井梧"合拍，可见用语之精。

仇云："首句点'府'，次句点'宿'，'角声'惨栗，悲哉'自语'，月色分明，好与'谁看'？此'独宿'凄凉之况也。乡书阔绝，归路艰难，流落多年，借栖'幕府'，此'独宿'伤感之意也。玩'强移'二字，盖不得已而暂依幕下耳。"

秋 兴 八 首

　　《秋兴》八首，大历元年（766）写于夔州，是杜甫晚年惨淡经营之作。八首诗是一个整体，分别从不同的角度去表现同一的主题。它们互相支撑，精心结构，筑成一座巍峨伟丽的艺术大厦。王夫之云："八首如正变七音，旋相为宫，而自成一章，或为割裂，则神态尽失矣。"

　　这八首诗，以夔府望京华为总纲，以"万里风烟接素秋"为枢纽，身世之感、故国之思，纷来心上。诗人时而慷慨悲歌，时而低回吟望；而在沉郁悲愤的基调之中，又穿插着一些令人遐想神飞的场面描写。组诗寄托了诗人对大唐王朝盛衰的深刻悲慨。

　　八首诗写得回环往复，情景交融，结构绵密，意境高浑。诗人在表现手法上，把七律创作推上了一个新的高峰。《秋兴八首》被公认为杜甫七律的代表作。

一

　　这一首是组诗的序曲。它通过对长江三峡动人心魄的秋色秋声的描绘，抒发了诗人流寓他乡、缅怀故里的伤感，为整组诗渲染了一种萧条落寞的气氛。

玉露凋伤枫树林，巫山巫峡气萧森。①

江间波浪兼天涌，塞上风云接地阴。②

丛菊两开他日泪，孤舟一系故园心。③

寒衣处处催刀尺，白帝城高急暮砧。④

【今译】

白露使枫树林凋残零落，巫山巫峡气象萧瑟
　　阴森。
峡中波浪汹涌，直拍天边，塞上风云与大地相
　　接，一片阴晦。
一丛丛菊花两度开放，我不禁流下怀旧的泪，
　　那暂时泊岸的孤舟，紧系着还乡的希望。
处处刀尺勤动，赶制寒衣；高高的白帝城上，
　　黄昏时回荡着一阵紧似一阵的捣衣声。

【注释】

　　①"玉露"二句　玉露：白露。李密《淮阳感秋》："金风扬初
节，玉露凋晚林。"　　巫山：在今四川省巫山县东，沿江壁立，绵延
四十公里，即为"巫峡"。巫峡为长江三峡之一，两岸断崖壁立，高
数百丈，风光奇丽。《水经·江水注》："三峡七百里中，两岸连山，
略无阙处，重岩叠嶂，隐天蔽日，自非亭午夜分，不见曦月。"　两句
写江岸的萧森秋气。
　　②"江间"二句　江间：指巫峡江水。　　兼天：犹言连天。兼
天涌，谓波浪滔天。　　塞上：指夔州关塞，非指西北边关。　两句
从江间的波浪写到塞上的风云。

③“丛菊”二句　两开：两度开放。诗人因事于去年秋天滞居云安,今秋又淹留夔州,故见到丛菊两度开放。　他日泪：因回首往昔而落泪。他日,往昔。　“孤舟”句：永泰元年(765)五月,诗人出四川,沿江东下,准备回到故乡去,后来由于江关间阻等原因,未能遂愿,终年乘孤舟漂流江上,故“一系”怀乡之心。“故园心”,怀念故园的心。指还乡的希望。　两句写思乡的痛楚。句意萧瑟凄凉,恰与颔联的沉雄壮阔成对照。

④“寒衣”二句　催刀尺：意谓妇女们拿起剪刀裁尺,赶制寒衣。　砧:捣衣石。　急:紧,匆促繁密。　两句写暮秋游子思乡之情。诗人从妇女制衣的刀尺和捣衣的砧声联想起家乡的亲人,思乡之情写得沉挚感人。

二

诗人身在夔府,心怀长安,从黄昏到深宵,他一直在翘首北望。出峡还乡已成泡影,他卧病西阁,独自度着无眠之夜。但闻猿声哀切,悲笳阵阵。石间藤萝上的月光,与洲前的芦荻花互相映照,一片惨白。

夔府孤城落日斜,每依北斗望京华。①
听猿实下三声泪,奉使虚随八月槎。②
画省香炉违伏枕,山楼粉堞隐悲笳。③
请看石上藤萝月,已映洲前芦荻花。④

【今译】

夔府孤城正映带着西斜的落日,我常常依着

北斗星的方向遥望京城。

听见几声猿啼，实在令人悲酸落泪；本想随同
　　节度使进京，可惜不能成事。

在京供职，入朝夜值的生活，已事与愿违，现
　　在是卧病夔府，隐约听见阵阵悲笳，从山楼
　　外的女墙传来。

请看石间藤萝上的月色，已映照洲前的芦荻
　　花了。

【注释】

　　①"夔府"二句：夔府：夔州曾设都督府，故称。　北斗：北斗
星。　京华：京城，指长安。　上句写黄昏，下句写初夜。"每依北
斗望京华"贯串全诗以至上下八篇，是整个诗组的总纲。诗人在夔
州常望北斗，思京国。如《月》诗"危楼望北辰"，《夜》诗"步檐倚杖
看牛斗"，可证。钱谦益云："此句为八首之纲骨，章重文叠，不出
于此。"

　　②"听猿"二句　"听猿"句：《水经·江水注》："每至晴初霜
旦，林寒涧肃，常有哀猿长啸，属引凄异，空岫传响，哀转久绝。故
渔者歌曰：'巴东三峡巫峡长，猿鸣三声泪沾裳。'""实下"，谓自己
身历此境，故有真情实感。　奉使：奉命遣使。　虚随八月槎
(chá 查)：像八月乘槎上天一样虚幻。杜甫原拟随严武进京，后因
严武去世而不果。张华《博物志·杂说》载："近有人居海渚者，年
年八月，有浮槎去来不失期。人有奇志，乘槎而去。十余月至一
处，有城郭状，宫中有织妇，见一丈夫牵牛渚次饮之。因问：'此是

何处?'答曰:'访严君平则知之。'因还,至蜀问君平。曰:'某年某月,有客星犯牵牛宿。'计其年月,正是此人到天河时也。"又,《荆楚岁时记》载,汉张骞出使西域,到黄河源,曾乘槎至月宫,游天河。本诗合用二典,暗喻还京之愿。槎,木筏。　两句谓因未能进京而感到十分失望。

　　③"画省"二句　画省:尚书省的官署。《汉官仪》:"尚书省中,皆以胡粉涂壁,紫青界之,画古列士,重行书赞。"　香炉:尚书省中夜值的供具。尚书郎入侍皇帝,按例有宫中女史二人,执香炉相随。诗人为工部员外郎,属尚书省,也有入侍资格。　伏枕:卧病。诗中把卧病作为不能还朝供职的原因,实是"怨而不怒"之语。　山楼:指诗人所居的西阁。一说指白帝山城楼。山楼、悲笳,暗示战乱未完全平息。　粉堞(dié 蝶):城上的矮墙。因涂以白垩,故称粉堞。堞,城堞,即女墙。　两句写卧病不眠的苦况。

　　④"请看"二句　写月亮越升越高,表示伫立很久,不觉已至深宵。本联写月色,与上联写山楼、悲笳,同为渲染气氛,表现诗人落寞凄清的感受。

三

　　这一首承接第二首,写晨曦中的夔府景物,感慨个人身世的牢落。诗人独坐江楼,眼前山色苍翠,渔人泛舟,燕子低飞。他思前想后,心绪烦乱。

千家山郭静朝晖,日日江楼坐翠微。①
信宿渔人还泛泛,清秋燕子故飞飞。②
匡衡抗疏功名薄,刘向传经心事违。③
同学少年多不贱,五陵衣马自轻肥。④

【今译】

山城千家万户沐浴着朝晖,我日日独坐江楼,
　　面对着苍翠的群山。

在江上歇宿的渔夫仍然泛舟江上,时已清秋,
　　而燕子还在飞来飞去。

我像匡衡那样抗旨上书,反而遭到贬谪;想要
　　像刘向那样传经授业,又事与愿违。

少年时的同学多享富贵,他们居住在五陵一
　　带,穿轻裘乘肥马,自顾自地过着奢华的
　　生活。

【注释】

　　①"千家"二句　山郭:山城,指奉节。　江楼:临江的
楼。　翠微:苍翠的山色。《尔雅义疏》:"山气青缥色曰翠微。"
两句写晨曦中的山城景色,并以"坐"带起全篇。

　　②"信宿"二句　信宿:一宿再宿。写渔人夜夜在江上捕
鱼。　泛泛:形容船只在水面浮行之状。《诗·邶风·二子乘舟》:
"二子乘舟,泛泛其游。"　两句写渔人、燕子。诗人见渔人泛舟,燕
子飞舞,便想起漂泊的生涯,仿佛它们在故意惹动自己的愁怀。
"还"字、"故"字,写出他烦厌无聊的心情。王嗣奭云:"舟泛燕飞,
此人情物性之常,旅人视之,偏觉增愁。曰'还'曰'故',厌之也。"

　　③"匡衡"二句　匡衡抗疏:《汉书·匡衡传》载,元帝初即位,

有日食地震之变,皇帝向匡衡询问政治得失。衡几次上疏进谏。元帝悦其言,迁衡为光禄勋、御史大夫。后任丞相,封乐安侯。抗疏,谓上奏条陈。杜甫曾上疏救房琯忤旨。　功名薄:匡衡上疏而立功升迁,自己抗疏却获罪受贬,故有此叹。　刘向传经:刘向,汉宣帝时经学家,受命传《穀梁传》。《汉书·刘向传》载,汉成帝即位,诏刘向领校内府五经秘书。　心事违:刘向居于近侍,典校五经,自己却屈居幕府,事业无成,相比之下,更觉"心事违"了。　两句言仕途失意,事与愿违。

　　④"同学"二句　五陵:长安、咸阳间有长陵、安陵、阳陵、茂陵、平陵,都是汉代帝王的陵墓,成为贵族聚居之地。　衣马轻肥:衣轻马肥,指豪奢的生活。《论语·公冶长》:"子路曰:'愿车马,衣轻裘,与朋友共,敝之而无憾。'"　两句表示对享富贵的少年时的同学的鄙视,同时也与他们相比,显出自己穷愁潦倒。"自"字,甚有深意。

四

　　这一首是前三首和后四首的过渡。前三首表现了诗人极度的忧伤与烦躁,但是他的内心世界还是朦胧而不很清晰。"闻道长安似弈棋"一句则点明了忧伤烦躁的症结,仿佛诗人一下子打开了心灵的窗户,让我们看个清楚。

　　杜甫居长安十年,以后一直在关心着它,思念着它。长安的变化,象征着唐王朝的没落衰败,使诗人感到无限的忧伤。他身在寒冷寂寞的秋江,心悬故国的安危。组诗自此首转以忆京华为重点。

闻道长安似弈棋,百年世事不胜悲。①
王侯第宅皆新主,文武衣冠异昔时。②

直北关山金鼓震，征西车马羽书驰。③
鱼龙寂寞秋江冷，故国平居有所思。④

【今译】

闻说长安的政局就像下棋一样反复不定，多
　　年来世事的变化令人不胜悲哀。
王侯第宅都换了新的主人，文武贵人也跟往
　　日大不相同了。
长安北部关山金鼓震天，征西将军的车马传
　　递着紧急的军事情报。
秋江上的鱼龙也无声无息，一片冷寂，从前居
　　住过的长安多么令人怀念啊！

【注释】

　　①“闻道”二句　弈棋：下棋。比喻你争我夺，局势不定。
百年：指唐开国至今，是约数。　两句概写长安局势，总起全篇。
数十年来，长安有多大的变化啊！纲纪的崩坏，权力的争夺，人事
的变迁，外族的侵占，……长安就像弈棋一样变化不定。王嗣奭
云：“长安一破于禄山，再陷于吐蕃，如弈棋迭为胜负，即此百年中
而世事有不胜悲者。”
　　②“王侯”二句　第宅皆新主：如李靖的府第为李林甫所占，
马周的住宅归虢国夫人等。　新主：指新进的暴发者。如《洗兵

马》诗云:"攀龙附凤势莫当,天下尽化为侯王。" 衣冠:古代士以上戴冠,指世族士绅。 "异昔时",写出战乱期间礼法制度已混乱崩溃。肃宗时宦官李辅国掌朝政,代宗时宦官鱼朝恩握兵权,皆礼法崩坏,衣冠颠倒之证。 两句写朝政人事的更迭。

③"直北"二句 直北:正北,指长安一带。当时北边的回纥正威胁着长安。 金鼓:钲和鼓。钲是铃铎一类的东西。鸣钲以退兵,击鼓以进军。 羽书:征调军队的文书,上插羽毛以示加急。犹后世的鸡毛信。 两句写回纥、吐蕃入侵。

④"鱼龙"二句 鱼龙寂寞:形容秋江寒冷。 据说秋天龙类蛰伏水底。 故国:故都,指长安。 平居:平时所居。诗人在长安居住十年,故云。 两句从想象中的长安回到所处的寒冷的秋江。

<h2 style="text-align:center">五</h2>

以下数首皆承第四首"有所思"而来。这一首忆念长安宫殿宏伟的气象和庄严的早朝情景。诗人以曾"识圣颜"而感到自豪和欣慰,但当他回到冷峻的现实时,又不禁发出"一卧沧江惊岁晚"的感喟。

蓬莱高阙对南山,承露金茎霄汉间。①
西望瑶池降王母,东来紫气满函关。②
云移雉尾开宫扇,日绕龙鳞识圣颜。③
一卧沧江惊岁晚,几回青琐点朝班。④

【今译】

蓬莱宫殿与南山相对,金茎承露盘耸入云霄。

中华聚珍文学丛书——杜甫诗今译

西边与瑶池相望，相传王母曾降临那里；紫气
　　由东而来，充满函关。

宫殿上的羽扇，像浮云移动似的慢慢打开，身
　　着龙章衮衣的皇帝在灿烂的光辉中出
　　现——我看到这位圣人的容颜。

卧病沧江，惊叹岁时已晚——曾几回在青琐
　　门下候点朝班啊！

【注释】

　　①"蓬莱"二句　蓬莱：《唐会要》卷三十："龙朔二年，修旧大明宫，改名蓬莱宫，北据高原，南望爽垲，每天晴日朗，望终南山如指掌。"　承露金茎：汉武帝好道，造通天台，以铜柱承露盘承云表露和玉屑而饮。金茎，支撑承露盘的铜柱。班固《西都赋》："抗仙掌以承露，擢双立之金茎。"此借汉宫比唐宫，以写秋日宫中气象。　两句写长安宫阙的雄伟气象。

　　②"西望"二句　瑶池降王母：《武帝内传》载，元封元年(前110)四月，帝闲居承华殿，忽见一女子着青衣至，自云为西王母使者，相约七月七日西王母降临。是夜，西王母自瑶池乘云而至，群仙数千，芳华百味，与帝欢宴。　东来紫气：《列仙传》载，老子西游出函谷关，关令尹喜，见有紫气从东而来，知道将有圣人过关。果然老子骑了青牛前来，喜便请他写了《道德经》。诗中以"东来紫气"表示祥瑞气氛。　两句写宫殿的气象和崇奉神仙的情况，并从侧面表现当时的承平景象。

　　③"云移"二句　"云移"句：《新唐书·仪卫志》："人君举动必以扇。"《唐会要》载，皇帝坐朝前，先在殿两厢排开羽扇，遮蔽其行

步。待皇帝坐定,羽扇徐徐打开,才露出真容。云移,状障扇之两开。　　龙鳞:皇帝衣上的龙纹。日绕龙鳞,谓其光辉缭绕,如朝日照耀。　　两句写庄严的早朝。钱谦益注:"'云移'二句,记朝仪之盛。曰'识圣颜'者,公以布衣朝见,所谓'往时文采动人主'也。"

④"一卧"二句　　岁晚:时正深秋,故云。　　青琐:宫门,以其上有琐状的图案,故称。　　点朝班:上朝时点名传唤,排定班次。　　两句言卧病沧江,不忘君国。"卧沧江"与"青琐点朝班"对照,流露出无限苍凉的意绪。

六

这一首缅怀曲江的繁华景象,同时婉曲地流露出对皇帝的谴责,暗示歌舞游宴导致边患,使大好的"帝王州"遭到了蹂躏。

瞿唐峡口曲江头,万里风烟接素秋。①
花萼夹城通御气,芙蓉小苑入边愁。②
珠帘绣柱围黄鹄,锦缆牙樯起白鸥。③
回首可怜歌舞地,秦中自古帝王州。④

【今译】

从瞿塘峡口联想到曲江岸边,秋天的风烟将

万里相离的两地连接在一起。

花萼楼的夹城,把皇宫与芙蓉苑接通;安禄山

反叛的消息报至芙蓉苑,引起了浩荡的

边愁。

水上离宫的珠帘绣柱使黄鹄围绕不去，江上
　　画船的锦缆牙樯使白鸥受惊起飞。

回首昔日歌舞之地，已足以令人悲怆无限，要
　　知道秦中自古是帝王州啊！

【注释】

①"瞿唐"二句　瞿唐峡：长江三峡之一，西起奉节县白帝城，
东至巫山县大溪镇，两岸崇山峻岭，耸入云表。临江一侧峭壁千仞
如削。峡中波涛汹涌，奔泻直下。　素秋：素，白色。古时以季节、
方位、颜色和五行相配。秋天属金，西方，色白，故曰"素秋"。　两
句以两地开头，总起全篇。

②"花萼"二句　花萼：楼名。《唐六典》卷七："兴庆宫在皇城
之东南，宫之南曰通阳门，通阳之西曰花萼楼。"　夹城：两边筑有
高墙的通道。《旧唐书·玄宗纪》载，开元二十年，从花萼楼筑夹城
通向曲江芙蓉园。夹城自大明宫经通化门，以达兴庆宫，再经延喜
门至曲江芙蓉园。故云"通御气"。　两句言过度的游宴引入了
"边愁"。钱谦益云："禄山反报至，上欲迁幸，登兴庆宫花萼楼，置
酒，四顾凄怆，此所谓'入边愁'也。"

③"珠帘"二句　珠帘：以珠串织成的帘幕。　绣柱：画着花
纹的柱子。　黄鹄：即黄鹤，又名天鹅。一作"黄鹤"。《西京杂
记》："(汉)昭帝始元元年，黄鹄下建章(宫)太液池中，帝作歌。"故
以写帝王气象。　锦缆：锦做的缆索。　牙樯：装饰着象牙的
樯。　两句写皇室豪华的游乐，推出尾联。

④"回首"二句：写断送"帝王州"的悲愤。《杜诗镜铨》："言秦
本古帝王崛起之地，今以歌舞之故，而致遭陷没，亦甚可怜已！""回

首"二字,与首联呼应。

七

　　这一首缅怀昆明池的盛况,一起一结均以极大笔力出之,如方东树所云:"气激于中,横放于外,喷薄而出。"中间四句写景细腻,饱含感情。此章历来被认为是杜甫七律中章法高妙之作。

昆明池水汉时功,武帝旌旗在眼中。①
织女机丝虚夜月,石鲸鳞甲动秋风。②
波漂菰米沉云黑,露冷莲房坠粉红。③
关塞极天唯鸟道,江湖满地一渔翁。④

【今译】

　　开凿昆明池是汉时的功绩,武帝当年的旌旗
　　　仿佛又在眼前招展。
　　织女在秋夜的月色中停止了纺织,石鲸在秋
　　　风中鳞甲也活动起来了。
　　菰米多得如同沉沉乌云,随波漂荡;露水寒
　　　冷,粉红色的荷花凋谢坠落,长出一个个的
　　　莲房。
　　关塞高耸接天,只有鸟飞的道路;在茫茫无际的江湖上，我像一个无所归宿的渔翁。

【注释】

① "昆明"二句　昆明池：《清一统志》："昆明池在长安县西南。"《汉书·武帝纪》载，元狩三年（前120）"发谪吏穿昆明池"，注引臣瓒曰："昆明国有滇池，方三百里，汉使求身毒国，而为昆明所闭。今欲伐之，故作昆明池象之，以习水战。"此以汉指唐，下句意同。　两句借汉武帝以喻玄宗，赞颂当年武功。玄宗曾在昆明池修置战船，也曾征伐南诏。上句写昆明池的来历，自然地引出下句。下句通过联想和比喻，玄宗的武功写得形象鲜明，灵气飞动。

② "织女"二句　织女：班固《西都赋》："集乎豫章之宇，临乎昆明之池。左牵牛而右织女，似云汉之无涯。"李善注："昆明池有二石人，牵牛织女象。"池边织女是石人，不能纺织，故云"虚"。此活用《诗·小雅·大东》"跂彼织女，终日七襄；虽则七襄，不成报章"之意。　石鲸：《西京杂记》卷一："昆明池刻玉石为鲸鱼，每至雷雨常鸣吼，鬐尾皆动。"　两句写池中的石人、石鲸。这些天下升平的象征，为昆明池增添了诗情画意。两句笔力苍劲，使昆明池的清秋充满了力量和生气。

③ "波漂"二句　菰米：菰即茭白，结实为菰米，可供食用。沉云黑：极言菰米之多盛，看上去如同黑沉沉的阴云一样。

④ "关塞"二句　鸟道：形容极其险峻狭窄的山路，谓只有飞鸟可度。　上句言归去无路，下句写无所归宿。

本篇前六句写长安，后二句写夔州：前虚后实，前昔后今。这样写，全诗脉络清楚，主题突出。

八

这一首回忆昔日春游渼陂的情景。渼陂，在长安东南。陂水澄澈，景色秀美，春秋佳日，仕女云集，一时游屐甚盛。往事重忆，白头吟望，无限感慨，遂以作结。

昆吾御宿自逶迤，紫阁峰阴入渼陂。①
香稻啄余鹦鹉粒，碧梧栖老凤凰枝。②
佳人拾翠春相问，仙侣同舟晚更移。③
彩笔昔曾干气象，白头今望苦低垂。④

【今译】

　　自昆吾、御宿一路曲折前行，紫阁峰的北坡倒
　　　映入渼陂水中。
　　香稻被鹦鹉啄食还有余粒；碧梧为凤凰长栖
　　　尚留枝在。
　　美人春郊拾翠，相互馈赠；好友同舟游赏，乐
　　　而忘返。
　　往日我横溢的诗才曾上凌星辰；今日我白发
　　　皤然，苦苦地想望着长安，低头吟咏。

【注释】

　　①“昆吾”二句　昆吾、御宿：地名。《名胜志》：“御宿、昆吾，
傍南山而西，皆武帝所开上林苑，方三百里。” 逶迤(wēi yí 威宜)：

曲折绵延貌。　紫阁峰：终南山峰之一，在圭峰东，日照烂然而紫，其形状耸如阁楼，故名。　阴：山之北。张茂中《游城南记》注："紫阁之阴即渼陂。"　渼陂：水名。入渼陂，犹《渼陂行》诗"半陂以南纯浸山，动影袅窕冲融间"之意。　两句写至渼陂沿途的景色，总起全篇。

②"香稻"二句　栖老：长时间地栖息。　两句写渼陂物产丰美。鹦鹉、凤凰，以言物产之美，非实有其物。两句错落成文，笔势劲健，为后人称颂。近代语法学者喜欢举此二语，作倒装之例，认为即"鹦鹉啄余香稻粒，凤凰栖老碧梧枝"。其实不然。"香稻""碧梧"置于句首，作为强调，意说香稻乃鹦鹉啄余之粒，碧梧乃凤凰栖老之枝。

③"佳人"二句　佳人：美人。　拾翠：拾掇翠鸟的翎毛，以为首饰。曹植《洛神赋》："或拾翠羽。"　仙侣：指好朋友，好同伴。杜甫与岑参曾游于此，与岑参兄弟游渼陂的《渼陂行》诗云："船舷暝戛云际寺，水面月出蓝田关。"　相问：相互馈问。　晚更移：天色晚了还继续向前划。移，移舟。　两句写游春仕女之盛。

④"彩笔"二句　彩笔：指佳美的文才。《南史·江淹传》载：江淹尝宿冶亭，梦郭璞谓曰："吾有笔在卿处多年，可以见还。"乃探怀中得五色笔以授之。嗣后有诗绝无美句，时人谓之才尽。　干气象：意谓上凌星辰，作文章感动皇上。杜甫《奉留赠集贤院崔于二学士》诗："气冲星象表，词感帝王尊。"亦用此意。杜甫于天宝十年(751)曾献《三大礼赋》，受玄宗称赏。"彩笔"句当指此事。　两句今昔相比，突出今之衰颓悲苦。"望"与第二首相照应，有不尽之意。

咏怀古迹（五首选二）

　　本题共五首，大历元年(766)作于夔州。五首都是借古以抒怀，并非单纯凭吊古迹。

一

　　这是组诗的第二首。因见到宋玉在归州(今湖北秭归)的故宅而作此诗。杜诗用意深刻，当时未能受到世人的理解和重视。诗中以宋玉自况，寄托失意之情。后人诵此，亦增萧条异代之慨矣。

　　摇落深知宋玉悲，风流儒雅亦吾师。①
　　怅望千秋一洒泪，萧条异代不同时。②
　　江山故宅空文藻，云雨荒台岂梦思！③
　　最是楚宫俱泯灭，舟人指点到今疑。④

【今译】

　　宋玉《九辩》中描绘秋天萧瑟的气氛，让我深
　　　深地了解这位诗人的悲哀！他文辞超逸，
　　　风度温文尔雅，也堪为我的师表。

中华聚珍文学丛书——杜甫诗今译

想到他的丰采才华,念及他的不幸遭遇,怅然
回顾千秋,不禁潸然下泪。我和他一样的
飘零,一样的悲苦,一样的不幸,可惜生不
同时,未能为他所了解。

他的故居徒然地装点着江山,而人已杳然,只
剩下辞赋供后人吟诵罢了。而所谓“云雨
荒台”之事,难道仅仅是怀王梦里之情吗?

楚宫的遗址早已泯灭无存,船夫虽指点其处,
但也无可凭信了。

【注释】

①“摇落”二句　摇落:宋玉《九辩》:“悲哉,秋之为气也!萧
瑟兮,草木摇落而变衰。”　风流:指文艺作品超逸美妙。司空图
《诗品·含蓄》:“不着一字,尽得风流。”杜甫《丹青引》亦云:“文采
风流今尚存。”　儒雅:犹言温文尔雅。古时士大夫用以称扬人的
风度美好和学识渊博。　两句写诗人对宋玉的了解、同情和仰慕。
对他生不逢辰的感慨,体会尤深。

②“怅望”二句　萧条:衰败,不景气。　两句写得深曲精婉,
不落恒蹊,真有神来千载之契!

③“江山”二句　云雨荒台:指宋玉《高唐赋》序中所写的神女
的故事。宋玉与襄王“游云梦之台,望高唐之观”,宋玉编造了一个
怀王曾梦见神女的故事以讽谏。神女自言“在巫山之阳,高丘之
岨,旦为朝云,暮为行雨,朝朝暮暮,阳台之下”。　荒台,指云梦中
高唐之台。　两句为宋玉而深悲。他的文章尽管流传后世,但其

真正的价值也不被人们认识。宋玉作《高唐赋》，目的是对楚襄王讽喻，并非怀王真有此梦，而世人竟以虚构为实事，并附会出"楚台"的遗迹，实在可笑可悲。

④ "最是"二句　泯灭：形迹消灭。两句以楚宫泯灭与"江山故宅"对比，意思是说：楚王虽显赫一时，但死后，那些巍峨壮丽的宫殿，都不复存在了；宋玉潦倒穷愁，还留下故宅以装点江山，供人凭吊。这是诗人安慰宋玉，其实是自我宽慰。

二

这里选的是第三首。

王昭君，名嫱，南郡秭归人。汉元帝时被选入宫。竟宁元年（前33），匈奴呼韩邪单于入朝求和亲，元帝以宫女五人赐之。昭君自请入胡，号宁胡阏氏。本诗咏王昭君，亦寄托着诗人身世之感。如《杜臆》所云："昭君一章，盖入宫见妒与入朝见嫉者，千古有同感焉。"诗人临风吊古，对昭君一生的遭遇寄以深切的同情。诗中，昭君的哀怨是那样缠绵，诗人的感愤又是那样缥缈，一如那马上琵琶之音，看不见，摸不着，却又分明地在低泣、怨诉、颤摇、回荡……

群山万壑赴荆门，生长明妃尚有村。①
一去紫台连朔漠，独留青冢向黄昏。②
画图省识春风面，环佩空归夜月魂。③
千载琵琶作胡语，分明怨恨曲中论。④

【今译】

群山万壑气象不凡地奔赴荆门,这里有明妃
　生长的村子。

自从离别皇宫,便走向北方遥远的沙漠;如今
　长满青草的墓冢孤零零地留在那里,空对
　着落日黄昏。

皇上只从画图中约略辨认她美丽的面容,她
　的孤魂月夜归来也是徒然的啊!

她用琵琶弹奏着胡人的曲调,这些乐曲,诉说
　了她无穷的怨恨,直至千年万代。

【注释】

　①"群山"二句　壑(hè 鹤):山沟。　荆门:山名,在今湖北
宜昌市、宜都市西北,长江南岸。　明妃村:《清一统志》:"湖北宜
昌府:昭君村在兴山县南。"明妃,即王昭君。晋文帝讳昭,晋人改
为昭君明妃,因称明妃。　两句以明妃生长之地开头,引出下面各
句。一"赴"字,很生动形象,把群山写活了。

　②"一去"二句　紫台:即紫宫,皇宫。　连:连结,通向。
朔漠:北方的沙漠。　青冢(zhǒng 肿):即昭君墓,在今内蒙古自
治区呼和浩特市。相传边地多白草,昭君墓独青,故称。　两句承
首联,概写昭君的不幸遭遇。句中有无限的哀怨,作者相怜之情也
隐约可见。杜甫借昭君冢的传说,赞扬她对汉家的忠诚。

③“画图”二句　讽刺汉元帝只凭画图去辨认美人，使昭君不得进见，以至远嫁匈奴。据《西京杂记》载，汉元帝令画师绘宫女的肖像进呈，按图召见。诸宫女皆贿赂画师，唯王嫱不肯。画师故意把她画丑，遂不得见帝。　省识：约略地看出。　春风面：指女子的美貌。　环佩：古代妇女的装饰品。此代指王昭君。

④“千载”二句　琵琶：本作“批把”，拨弦乐器。《释名·释乐器》：“批把，本出于胡中，马上所鼓也。”　作：弹奏出。　胡语：谓胡人的曲调。　怨恨曲中论：在曲中诉说着怨恨。论，诉说。按，古乐有《昭君怨》之曲。

阁 夜

本篇作于大历元年(766)冬夔州西阁。

杜诗常以雄劲之笔,写壮阔之景,寓郁勃之情,表现出一种崇高的悲壮的美。悲壮,是杜诗的一个主要的美学特征。他的"悲壮",不同于一般的慷慨悲歌,它是愤激、寂寞、冷峻、雄浑、沉厚、豪放的混合体,它是受了压抑的热情的产物,它像堵截的急流,激溅、回旋、涌动。

岁暮阴阳催短景,天涯霜雪霁寒宵。①

五更鼓角声悲壮,三峡星河影动摇。②

野哭千家闻战伐,夷歌几处起渔樵。③

卧龙跃马终黄土,人事音书漫寂寥。④

【今译】

日月相催,时光易逝,又到了短景年终。边远的夔州,雨雪初晴,晚上寒冷异常。

五更的时候,但闻鼓角阵阵,声音悲壮;三峡水中的银河的倒影,晃动颤摇。

从野外千家万户的哭声,就知道又在打仗了;

多少处渔人樵夫唱起了夷人的歌谣。

诸葛亮和公孙述最终都归于黄土，我纵然与

友人隔绝，音书不通，也漫然置之而已。

【注释】

①"岁暮"二句　阴阳：指日月、光阴。　景：日光，白日。短景，冬季夜长日短，故云。　天涯：指僻远的夔州。　霁(jì 际)：雨雪停止，天放晴。　两句以"寒宵"点题，总起全篇。下句描绘一种广漠的寒冷，为全篇抒情作铺垫。这一联气魄雄浑，笔力劲健。

②"五更"二句　写"寒宵"的所闻、所见。关于这一联，前人诗话颇有穿凿之见。钱谦益还把下句扯到"星摇民乱"上去，也是一种曲解。其实，这联是写现实之景。苏东坡认为这两句是"七言之伟丽者，尔后寂寥无闻焉"。"尔后寂寥无闻"，未免言之过甚。即便在杜集中，这样的句子也不是绝无仅有的。不过，这一联对仗工整，声情激起，情景交融，确是"七言之伟丽者"。

③"野哭"二句　野哭：野外的哭声。　战伐：永泰元年(765)十月，成都尹郭英乂(yì 义)被兵马使崔旰攻杀，牙将柏茂琳、李昌夔、杨子琳起兵讨旰，蜀中大乱。　夷歌：少数民族的歌谣。　渔樵：渔人，樵夫。指唱歌的人。仇注："'野哭'、'夷歌'，将晓所伤感者。"作者以伤感的歌，写歌者的伤感，也表现自己的伤感，做到客观与主观的高度统一。

④"卧龙"二句　卧龙：诸葛亮。　跃马：指公孙述。左思《蜀都赋》："公孙跃马而称帝。"公孙述，字子阳，汉扶风人。王莽时为导江卒正，更始帝立，他乘时局动乱自称白帝，割据蜀中。蜀有白帝祠、孔明庙。杜甫由祠庙联想到这两人，一忠一逆，同归黄土，己身之升沉穷达亦不必计较了。　漫：任。　寂寥：寂寞冷落。　两句写对人事隔绝、音书不通的愤激。

登　高

　　这是杜诗万口流传的名篇。大历二年(767),杜甫流寓夔州。在重阳佳节,他独自到江边登高眺望,触景生情,写成此诗。诗歌意境雄浑阔大,情感深沉悲慨,语言精炼,极见功力。胡应麟云:"此章五十六字,如海底珊瑚,瘦劲难移,沉深莫测;而精光万丈,力量万钧,通章章法、句法、字法,前无昔人,后无来学。"

　　风急天高猿啸哀,渚清沙白鸟飞回。①
　　无边落木萧萧下,不尽长江滚滚来。②
　　万里悲秋常作客,百年多病独登台。③
　　艰难苦恨繁霜鬓,潦倒新停浊酒杯。④

【今译】

　　秋风峭劲,高远寂寥的秋空回荡着猿猴哀切
　　　　的啼声;江水澄碧,流沙洁白,鸟儿在秋风
　　　　中飞去又飞回。
　　无边无际的秋野,落叶萧萧;奔流不息的长
　　　　江,波涛滚滚。
　　在万里外的他乡长年漂泊、为秋来悲伤,多病的暮年老去,独自登台临眺。

时局艰难,白发弥添,功名两空,我真是苦恨
交加;潦倒穷愁,却又因病无法借酒浇愁,
更是痛苦。

【注释】

①"风急"二句　渚:水中小洲。　回:回旋。　作者从声、色、动、静、上、下等六个不同的角度,写出了峭劲的秋风、高远的天空,哀婉的猿啼,江中的小洲,澄碧的江水,洁白的流沙,飞回的鸟儿等七种不同的景物。它们交织成一幅色调浓烈、意境深邃的深秋图画,这幅图画的基调是"愁"。

②"无边"二句　三句承首句,写登高;四句承二句,写望远。首、二句写的是具体的个别的景物,三、四句从大处着眼。作者骋其笔势,把一个"秋"字写得融浑开阔,把一个"愁"字写得深广浓烈。

③"万里"二句　万里:意谓辽阔旷远。　悲秋:因秋而引起悲伤的感情。《楚辞·九辩》:"窃独悲此凛秋。"　作客:客处他乡。　两句写飘零迟暮的景况。罗大经云:"'万里',地辽远也;'悲秋',时惨凄也;'作客',羁旅也;'常作客',久旅也;'百年',暮齿也;'多病',衰疾也;'台',高迥也;'独登台',无亲朋也。十四字之间,含有八意,而对偶又极精确。"

④"艰难"二句　繁霜鬓:鬓发多白如霜。繁,极言白发之多。潦倒:犹言落魄失意。　新停浊酒杯:时杜甫患肺病戒酒。　两句点出"艰难苦恨",直抒愁怀。

暮　归

　　大历三年(768)三月,杜甫自夔州出峡漂泊至江陵。他想起漂泊的生涯、不称心的日子,深感失望、无聊、彷徨和苦闷。本诗是拗体七律,有人称为"吴体"。方回《瀛奎律髓》谓"不止句中拗一字,往往神出鬼没,拗字甚多而骨格愈峻峭"。

霜黄碧梧白鹤栖,城上击柝复乌啼。①
客子入门月皎皎,谁家捣练风凄凄。②
南渡桂水阙舟楫,北归秦川多鼓鼙。③
年过半百不称意,明日看云还杖藜。④

【今译】

碧绿的桐叶经霜变黄,树上有白鹤栖宿;城头
　　敲着更柝,又传来阵阵鸦啼。
我进门之时,看见皎洁的月色,谁家在萧瑟的
　　秋风中捣练声声?
要南渡桂水,我没有舟船;想北归秦川,那里
　　又战事很多。
年过半百了,日子过得很不如意,明天也还是

像往常一样无聊地拄着拐杖看云罢了。

【注释】

①"霜黄"二句　霜黄碧梧：谓霜使碧梧变黄。　柝（tuò 拓）：打更用的梆子。　上句交代时序，下句点"暮"字。"霜黄碧梧"，是秋天景色；"击柝乌啼"，说明时正夜晚。两句均写夜中之景。

②"客子"二句　客子：作者自指，因他正作客江陵。　练：白绸子。捣练，在砧上把练捣净洗白，以备裁衣。　两句点"归"字，并继续写夜中景色。"捣练"，是作者闻砧杵声引起的想象——秋风凄凄，作者猜度人们在捣练赶制寒衣。

以上为一段，从视觉、听觉和想象三个角度描绘"暮归"之景，渲染寂寞凄清的气氛，为下段写情作准备。

③"南渡"二句　桂水：发源于广西，往北流经湖南省境。"南渡桂水"，仅表方向，不必确指。　阙舟楫：谓缺少船只，南行的条件未备。阙，通"缺"。　秦川：陕西渭河平原一带。　两句写彷徨无据的心境，推出尾联。诗人在江陵住了一段时间，感到不能久住却又不知何往，心绪很坏。黄生云："朝出于斯，暮归于斯，南渡不可，北归不能，年老客居失意，可胜道哉！"

④"年过"二句　藜：一年生草本植物，茎长老了可以做拐杖。　看云：表示自己枯寂闲适的心情。　两句言只得滞留江陵，继续过无聊的日子。"不称意"与上联承接。"还"字，见无可奈何之情。"杖藜"与"年过半百"互相照应。"看云""杖藜"，泛言生活无聊。

以上为一段，写"暮归"之情。

绝　句 (二首选一)

本题当是广德二年(764)成都作。这是组诗的第二首。

江碧鸟逾白,山青花欲燃。①
今春看又过,何日是归年?②

【今译】

在碧绿的江水映衬下,鸟越显得洁白;山色苍
翠,花儿红得像要燃烧起来。

今春眼看又要过去了,哪一天才是归期?

【注释】

①"江碧"二句　逾:同"越"。　两句写眼前春色。江碧与鸟
白、山青与花红,互相映衬。两语写了"江""山""鸟""花"四物,用
笔简练而设色鲜丽。

②"今春"二句　由眼前之景转到归乡之思。春色年年,归期
杳杳,一"又"字,蕴含多少思乡之苦!

八　阵　图

　　本诗大历元年（766）初至夔州时作。　　八阵图：诸葛亮创造的一种军事工事，有八种图形，聚石而成。《太平寰宇记》引《荆州图副》云："永安宫南一里，渚下平碛上，周回四百十八丈，中有诸葛武侯八阵图。聚细石为之，各高五尺，广十围，历然棋布，纵横相当，中间相去九尺。正中开南北巷，悉广五尺，凡六十四聚。或为人所散乱，及为夏水所没，冬水退，复依然如故。"

功盖三分国，名成八阵图。①
江流石不转，遗恨失吞吴。②

【今译】

　　诸葛亮凭着他的聪明才智，做成三国鼎立的
　　　局面，建立了盖世的功业；他创造的八阵
　　　图，成就了他的大名。
　　江水不停地奔流，而江中八阵图的石头，数百
　　　年来却一直没有移动；诸葛亮未能辅佐刘
　　　备吞灭吴国，真是遗恨千载。

【注释】

①"功盖"二句　功盖：谓功劳盖世。　三分国：指魏、蜀、吴三国。　两句赞颂诸葛亮的功绩、才能。首句衬托次句，突出八阵图的地位。

②"江流"二句　一说，诸葛亮的遗恨，在于未能阻止刘备征吴之失。　石：指诸葛亮用以布阵的石头。　不转：没有转动。两句写诸葛亮的"遗恨"。三句在写景中饱含诗人的凭吊之情，结句有无限的感慨。

江畔独步寻花七绝句（选二）

七绝句约写于上元二年（761）春。当时杜甫住在成都浣花溪草堂，生活上失却了依靠，常常为衣食而奔走。好在与邻居的往还和美丽的自然景色还能给他带来一点乐趣。这时期，他写过一些游赏村野的小诗，七绝句便是其中一部分。这些诗篇，有的通过写景表现自己的闲情逸致，有的则流露出在失意中无可奈何的心情。

一

这是第五首，写在黄师塔前观赏桃花，烘染出一片烂漫的春色。

黄师塔前江水东，春光懒困倚微风。①
桃花一簇开无主，可爱深红爱浅红？②

【今译】

江水东边黄师塔前，春光妩媚，我慵倦地临风小憩。

一簇无主的桃花在野外寂寞地开放着，你喜爱深红的，还是浅红的呢？

【注释】

①"黄师"二句　黄师塔：一位姓黄的和尚之塔。唐宋时蜀人称僧侣为"师"，其葬处建塔称为"师塔"。　倚微风：临微风。被微风吹拂着。

②"桃花"二句　写桃花,有目不暇接之意。

二

这是第六首,写黄四娘家门前浓艳的春光。前两句用拗句,而音节自然流美。

黄四娘家花满蹊,千朵万朵压枝低。①
留连戏蝶时时舞,自在娇莺恰恰啼。②

【今译】

黄四娘家春花开满了小径,千朵万朵把花枝
　　都压低了。
戏蝶在那儿留连飞舞,娇莺悠闲自在,鸣声
　　优美。

【注释】

①"黄四"二句　黄四娘：未详身份,当为本地妇女。　蹊：

小径。　两句写花。

　　②"留连"二句　恰恰：象声词,莺鸣声。　两句写蝶舞莺啼,
烘托繁花的美艳。

戏为六绝句（选二）

本题写于上元二年（761），时诗人居成都草堂。论诗绝句为杜甫首创，后人仿此。

六朝浮艳的诗风影响到初唐，陈子昂、李白等以汉魏风骚为标榜，提出复古的主张，诗风遂变。但是，有些人走上另一极端，对六朝文学采取了全盘否定的态度。杜甫针对这种偏向，作《戏为六绝句》，以诗歌的形式对六朝及受六朝诗风影响的初唐作家作了实事求是的评价。

一

这是组诗的第二首。

初唐四杰王勃、杨炯、卢照邻、骆宾王虽未完全摆脱六朝诗风的影响，但他们的作品内容较为广泛，写出了自己真实的思想感情，格调刚劲清新，在诗歌发展史上起着承先启后的作用。本诗肯定了他们的创作，同时也讽刺了写文章嘲笑他们的一班轻薄文人。

王杨卢骆当时体，轻薄为文哂未休。①
尔曹身与名俱灭，不废江河万古流。②

【今译】

王勃、杨炯、卢照邻、骆宾王的诗歌是当时的

体裁，一般轻薄浮浅之徒作文讥笑没完
没了。

你们浅薄的人，随着时光的流逝，身名都已磨
灭;而他们的作品与名声却像长江黄河一
般,万古流传。

【注释】

①"王杨"二句　当时体:指初唐时以王、杨、卢、骆为代表的
诗歌体裁。　轻薄:浅薄的人。　为文:写文章。　哂:讥笑。
②"尔曹"二句　尔曹:你们,你等。指嘲笑王杨卢骆的轻薄
文人。　废:止。

二

这是组诗的第五首。

本篇表明了诗人"不薄今人爱古人"的态度,提出既要学习
前人优秀作品的形式,又要学习前人优秀作品的神髓的正确
主张。

不薄今人爱古人,清词丽句必为邻。①
窃攀屈宋宜方驾,恐与齐梁作后尘。②

【今译】

今人爱慕古人,我不加菲薄;古人的作品,只

要它们是优美的,就必定要学习。

我从精神实质和艺术形式两方面追攀屈原、
宋玉,要与他们并驾齐驱;如果只学习前人
的浮词艳藻,怕难免要步齐梁作家的后
尘了。

【注释】

①"不薄"二句 "不薄"句:一说"不薄今人"四字连读,"爱古
人"三字连读,亦通。 必为邻:谓必定要学习。 两句写对"今人
爱古人"以及对前人作品的态度。

②"窃攀"二句 窃攀:暗自追攀。窃,暗自,私下。 方驾:
并驾齐驱。方,相并。 两句写"窃攀屈宋",不步齐梁后尘的努力
方向。

赠 花 卿

《升庵诗话》卷十三："花卿在蜀，颇用天子礼乐，子美作此讽之而意在言外，最得诗人之旨。"按，花卿，即唐成都尹崔光远的部将花惊定。这首诗风华流丽，婉转含蓄，寓讽刺于乐曲的描写之中。前人谓"公之绝句百余首，此为之冠"。

锦城丝管日纷纷，半入江风半入云。①
此曲只应天上有，人间能得几回闻？②

【今译】

锦城花家终日不停地奏着乐曲；乐曲一半随
　　江风飘去，一半飞入云霄。
这样的乐曲，只应天上的神仙享受，人间又有
　　几回能听得到？

【注释】

①"锦城"二句　锦城：锦官城，成都的别称。　丝管：琴笛等丝竹制的乐器。此代指乐曲。　两句极写花家乐曲之盛。
②"此曲"二句　两句讽刺花卿之奢靡。

中华聚珍文学丛书——杜甫诗今译

奉和严公军城早秋

本篇作于广德二年（764）七月严武幕府中。严公，即严武。严先有七绝《军城早秋》，此为和作。

> 秋风袅袅动高旌，玉帐分弓射虏营。^①
> 已收滴博云间戍，欲夺蓬婆雪外城。^②

【今译】

> 秋风轻轻地吹拂着高悬的旌旗，军帐里正在
>   部署兵力，准备进攻敌营。
> 你率领的军队，已收复了高高的滴博山，还要
>   攻取遥远的蓬婆城。

【注释】

①"秋风"二句　袅袅：缓缓地。　玉帐：指军队宿营的帐篷。　分弓：谓部署兵力。　射：谓进攻。　两句写景叙事。首句从侧面表现严武治军之严明，次句表现严武的将略。

②"已收"二句　滴博：山名，在今四川维州一带。　云间：言山之高。　戍：戍卒，士兵。　蓬婆：吐蕃城名。　雪外：形容城之远。　两句具体写严武的战功。句中"滴博""蓬婆"等粗硬的地名，调以"云间""雪外"等柔美之词，读来便觉风秀。

江南逢李龟年

　　唐郑处诲《明皇杂录》卷下："唐开元中,乐工李龟年、彭年、鹤年兄弟三人,皆有才学盛名。彭年善舞,鹤年、龟年能歌,尤妙制《渭川》,特承顾遇。于东都大起第宅,僭侈之制,逾于公侯。宅在东都通远里,中堂制度,甲于都下。"安史乱后,这个红极一时的歌手便流落江南,以卖艺糊口了。范摅《云溪友议》载:"明皇幸岷山,百官皆窜辱……李龟年奔迫江潭。"

　　杜甫十四五岁时,曾在洛阳听过他歌唱。大历五年(770)前后,又在潭州跟他偶然相遇。作者抚今追昔,感慨无限,以诗赠之。

　　　　岐王宅里寻常见,崔九堂前几度闻。①
　　　　正是江南好风景,落花时节又逢君。②

【今译】

　　从前在岐王宅里我们常常相见,在崔九堂前
　　　　我几次听过你的歌唱。
　　江南风景正好,在落花时节又与你相逢了。

【注释】

　　①"岐王"二句　岐王:李范。《旧唐书·睿宗诸子传》载,惠

文太子范,睿宗第四子,后进封岐王。为人好学工书,雅爱文章之士。　寻常:常常。一作平常解,可备一说。　崔九:名涤,中书令湜(shí 拾)之弟。《旧唐书·崔涤传》说他"多辩智,善谐谑,素与玄宗款密。兄湜坐太平党诛,玄宗常思之,故待涤逾厚,用为秘书监,出入禁中"。　两句言昔日之盛。"岐王宅""崔九堂","寻常""几度",见当时盛况。

　　②"正是"二句　两句写今日之衰。"江南",是相逢之地,也是两人流落之地,与"岐王宅""崔九堂"恰成对照,突出了今日之落泊。

望　岳

　　唐玄宗开元二十三年(735)，杜甫到洛阳举进士不第。开元二十四年至二十八年间，他漫游齐、赵一带(今河北、山西、山东)，这首诗即游山东泰山时所作。作者有《望岳》诗三首，分咏东岳、西岳和南岳。本篇咏东岳，为杜集中较早的一首。诗歌描写泰山雄奇瑰伟的景色，气象磅礴，造语峭拔，能表现青年诗人不凡的抱负和卓越的才华。东岳泰山在今山东省泰安城北，海拔一千五百二十四米，山峰突兀峻拔，雄伟壮丽。山上名胜古迹极多。

　　岱宗夫如何，齐鲁青未了。①
　　造化钟神秀，阴阳割昏晓。②
　　荡胸生层云，决眦入归鸟。③
　　会当凌绝顶，一览众山小。④

【今译】

　　泰山怎样的雄奇峻伟？从齐到鲁一带，都是
　　　　连绵不断的翠岭青峰。
　　大自然把山岳的雄奇秀异都集中在泰山了，
　　　　它高入云表，山北山南，即使在同一时间，

也明暗有别,判若晨昏。

山中叠起的云气,涤荡人的胸襟;凝神极目,
那极远的飞鸟收入眼帘。

我定要登上泰山最高峰,俯览四周,那时群山
都变成矮小的土丘了。

【注释】

①"岱宗"二句 岱宗:五岳之首。古帝王祭祀泰山,尊它为五岳之长。《风俗通·山泽》:"泰山之尊者,一曰岱宗。岱,始也;宗,长也。万物之始,阴阳交代,故为五岳之长。" 夫如何:怎么样。 齐鲁:原为春秋时两国名,后作该地域的代称,即今山东省中部地区。《史记·货殖列传》:"故泰山之阳则鲁,其阴则齐。"未了:不尽。 两句写遥望泰山之景,极言其高远。

②"造化"二句 造化:天地,大自然。 钟:聚集,专注。神秀:超绝秀出。语出孙绰《游天台山赋序》:"天台者,山岳之神秀也。" 阴阳:山南为阳,山北为阴。 割:分。 昏晓:黄昏与清晨。山北阳光未到,故仍昏暗;山南阳光先临,故已明晓。

③"荡胸"二句 荡胸:涤荡胸襟。那是作者的主观感觉,并非真的如此。 层云:层叠的云气。这里写云气弥漫飘荡,好像叠浪层波,对之神意摇摇而不能自已。 决眦(zì 自):谓睁大眼睛远望。决,裂开。眦,眼眶。

④"会当"二句 会当:合当,定要。 凌:登上,超越。 绝顶:山的最高峰。 众山小:活用《孟子·尽心》"孔子登东山而小鲁,登泰山而小天下"之意。

前出塞（九首选一）

　　汉乐府有《横吹曲》《出塞曲》，声调雄壮，南北朝诗人多以为题，写将士边塞生活。杜甫先作《出塞》九首，后又作五首，加"前"字、"后"字以示区别。《前出塞》以乐府旧题写天宝年间哥舒翰征吐蕃事，也有人认为"是乾元时思天宝间事而作"。这组诗通过一个征夫十年征战生活的自述，表现作者对朝廷无休止地征战开边的不满。

　　这里选的是第三首。本诗写征夫在水边磨刀时的思想活动。他心烦意乱，时而悲伤欲绝，时而慷慨自期。

　　　磨刀呜咽水，水赤刃伤手。①
　　　欲轻肠断声，心绪乱已久。②
　　　丈夫誓许国，愤惋复何有？
　　　功名图麒麟，战骨当速朽。③

【今译】

　　我在鸣声幽咽的陇水边磨刀，刀刃伤了我的
　　　手，把河水染红了。
　　想不为水声所动，但心乱已久，又怎能摆脱？
　　大丈夫发誓以身许国，还有什么可愤怨的呢？

中华聚珍文学丛书——杜甫诗今译

只要功名显赫,我甘愿战骨速朽!

【注释】

①"磨刀"二句　鸣咽水:辛氏《三秦记》:"陇山顶有泉,清水四注,东望秦川,如四五里。"俗歌云:"陇头流水,鸣声幽咽;遥望秦川,肝肠欲绝。"　两句写水声触耳,心乱伤手。"伤手"二字,把心乱写得形象具体而深刻。鸣咽的水声,触动了征夫心底的创伤,惹起他的愁绪。

②"欲轻"二句　轻:看轻,不放在心上。　肠断声:指鸣咽的流水声。

③"丈夫"四句　惋:怅恨。　图麒麟:据《汉书·李广苏武传》:汉宣帝为表彰霍光、苏武等十八人,令画了他们的像,置于麒麟阁中。图,用如动词,绘画。　当:应该,甘愿。　四句写愁中壮语,表现征夫的矛盾心情。或谓这是反语,表示不满。细审诗意,似非。

同诸公登慈恩寺塔

　　慈恩寺是唐高宗做太子时为他母亲建筑的寺院,故名"慈恩"。寺在长安东南曲江附近,内有大雁塔,建于永徽三年(652),为玄奘所立,至今尚存,为著名胜迹。

　　玄宗天宝十一年(752)秋,杜甫、高适、岑参、储光羲和薛据五诗人同游慈恩寺,登大雁塔,各有题咏。除薛诗失传外,其余四人的诗都保存下来。关于四首诗的高下,注家评论说:"岑、储两作,风秀熨帖,不愧名家;高达夫出之简净,品格亦自清坚;少陵则格法严整,气象峥嵘,音节悲壮。而俯仰高深之景,盱衡今古之识,感慨身世之怀,莫不曲尽篇中,真足压倒群贤,雄视千古矣!"杜诗题下自注云:"时高适、薛据先有作。"可见这是和高、薛的诗。

　　唐玄宗在位至此已四十年,在他执政期间,有过所谓"开元盛世";这时唐帝国虽还有个"盛"的外表,却无法掩盖它虚弱的本质。朝臣弄权,武将邀功,百姓在重重压迫下过着悲苦愁怨的生活。社会危机四伏,而皇帝却沉迷酒色,日甚一日。仿佛眼前还是阳光明丽,远天却乌云滚滚,隐隐雷鸣——暴风雨就要来了!这一切都逃不过杜甫的敏锐的目光。当他登上高塔,纵目花团锦簇的长安都城和四周雄伟的山川时,不禁百感奔集,愁思翻涌。

　　高标跨苍穹,烈风无时休。
　　自非旷士怀,登兹翻百忧。①

方知象教力，足可追冥搜。

仰穿龙蛇窟，始出枝撑幽。②

七星在北户，河汉声西流。

羲和鞭白日，少昊行清秋。③

秦山忽破碎，泾渭不可求。

俯视但一气，焉能辨皇州？④

回首叫虞舜，苍梧云正愁。

惜哉瑶池饮，日晏昆仑丘。⑤

黄鹄去不息，哀鸣何所投？

君看随阳雁，各有稻粱谋。⑥

【今译】

塔尖高高地穿越青天，猛烈的秋风不停地刮
　着。如果没有旷达之士那样的胸怀，登上
　塔顶的时候难以消愁，反而百感奔集，愁思
　翻涌。

登上此塔才知道佛教有那样伟大的力量，能
　产生如此雄伟的建筑——它真值得人们去
　穿窟寻幽啊！我像穿行洞穴的龙蛇，拾级
　而上，方才离开梁木相交的幽暗的下层。

北斗星就挂在北门上,可以听见银河向西流
　　淌的潺潺的水声。羲和鞭打着拉车的六
　　龙,载着白日在空中奔驰,时光已运行到少
　　昊主管的秋季。
秦山众峰罗列,清晰可见,不像在地上看到的
　　那样浑然一体,仿佛一下子散碎了;泾渭二
　　水,从高处看去又清浊不可分辨。俯视地
　　面,浑然一气,怎能分辨出哪是京城呢?
回过头来呼唤虞舜,他的安葬之地——苍梧,
　　正愁云惨淡。可惜啊! 西王母还在瑶池设
　　宴;日正西沉,周穆王还留在昆仑山,这真
　　令人伤心啊!
黄鹄不息地远去,它们哀鸣着,要投奔哪里?
　　你看那随阳的雁儿,它们各自图谋着自己
　　的生计呢!

【注释】

　　① "高标"四句　高标:指高塔,因它高大如标识。在古诗文
中,常称高耸物体的顶端为高标。李白《蜀道难》诗:"上有六龙回
日之高标。"　跨:凌跨。　苍穹:青天。　自:犹"苟",表假
设。　旷士:旷达之士。鲍照《代放歌行》诗:"小人自龌龊,安知旷

士怀!" 兹:此。指示代词。 四句写登上塔顶时的感受,统领全篇。

②"方知"四句 象教:佛教。佛教设形象以教化世人,故称。 追冥搜:追寻穷幽之处。冥搜,搜冥,穷幽。或谓指构思作诗,非。 枝撑:梁上相交的木条。 四句补写登塔的情景。

③"七星"四句 七星:指北斗。 北户:北边的门。 河汉:银河。银河又名星汉、银汉,秋季向西。 羲和:日驭。古代神话说羲和驾驭六条龙拉着的车子,载着太阳运行。 少昊(hào浩):相传是黄帝的儿子,主管秋天的神。《礼记·月令》:"孟秋之月,黄帝少昊。" 四句写仰视所见、所感。前二句承开头一句,运用夸张与想象,从侧面写塔势之高。

④"秦山"四句 秦山:指长安之南的终南诸山。 泾渭:泾水和渭水的合称。二水一浊一清,流经长安北部。 皇州:帝皇所居之地。 前二句写南、北眺望山河。后二句总写。

⑤"回首"四句 苍梧:即九嶷山,在今湖南宁远境内,传说舜葬于此。 瑶池饮:据《穆天子传》载,周穆王西游,到昆仑山,在瑶池上和西王母宴饮。《列子·周穆王》:"穆王升昆仑之丘,以观黄帝之宫,遂宾于西王母,觞于瑶池之上,乃观日之所入,日行万里。" 四句借虞舜、穆王的传说,表示对国事的忧虑和讥讽。《杜诗博议》:"高祖号神尧皇帝,太宗受内禅,故以'虞舜'方之。"作者先是向西北眺望,见昭陵为云雾所罩,后又回首南望苍梧,见舜之葬所,便借舜来比太宗。接着他又向东远望骊山,那是玄宗、贵妃行乐之处。玄宗耽于贵妃,正如穆王溺于王母。前人云:"唐人多以王母喻贵妃。'瑶池''日宴',言天下将乱,而宴乐不可为常也。"

⑥"黄鹄"四句 黄鹄:大鸟,或云即天鹅。用以自比。 随阳雁:雁为候鸟,哪里暖和便往哪里飞,春天自南而北,秋天自北而南。此喻趋炎附势,谋取私利的小人,如杨国忠之流。 稻粱谋:雁以稻粱为食。此指谋求利禄的打算。 四句既有身世之叹,也有国事之忧。前人云:"'黄鹄''哀鸣'以比高飞远引之徒,'阳雁'

'稻粱'比贪禄恋位之徒。""末以'黄鹄''哀鸣'自比,而叹谋生之不
若'阳雁',盖忧乱之词。"这些议论,可以帮助我们理解这四句诗的
含义。

后出塞（五首选一）

鲍钦止云："天宝十四载(755)三月壬午，安禄山及奚、契丹，战于潢水，败之，故有《后出塞》五首，为出兵赴渔阳也。"安禄山为邀功争宠，积聚力量以图反叛，连年用兵于奚和契丹，给民众带来巨大的灾难。这组诗主题和表现手法与《前出塞》相似。

这是组诗的第二首，记行军途中宿营。因成功地描写了塞上战场悲壮肃杀的情景而为后人称赞。

朝进东门营，暮上河阳桥。①
落日照大旗，马鸣风萧萧。②
平沙列万幕，部伍各见招。③
中天悬明月，令严夜寂寥。
悲笳数声动，壮士惨不骄。④
借问大将谁？恐是霍嫖姚。⑤

【今译】

早上走进东门的军营，入夜便踏上河阳桥。
落日的余晖映照着迎风招展的大旗，战马嘶鸣，风声萧萧。

千万个帐幕整然有序地排列在沙漠上，队伍
各自集合着。

中天明月高悬，寂寥的夜晚，军令森严。

几声凄厉的胡笳响过以后，壮士便都肃然不
敢骄纵。

借问大将是谁？恐怕是霍嫖姚吧！

【注释】

①"朝进"二句　东门营：上东门的军营。东门，指洛阳上东
门，后改为东阳门。　河阳桥：横跨黄河的浮桥，在今河南省孟州
市。安禄山反前，凡募兵赴前线必经此。　两句为一段，写入伍地
点和出征所经。

②"落日"二句　萧萧：象声词。古人或以形容风声，或以形
容马鸣声。本诗合用二意。　两句为一段，写塞上行军景象。作
者成功地选取了四种景物，运用白描手法，把塞上行军景象生动地
描绘出来。二语用笔简练，气魄雄浑，笔力劲健，是老杜名句。

③"平沙"二句　平沙：平旷的沙场。　列：按规定的位置排
列。　部伍：部曲行伍。古代军队中的基层组织。　各见招：各
自集合。见：受，被。表被动之词。　前人云："士卒多则将各有一
幕，故一部伍之人，各相招认以居幕也。"　两句为一段，写入夜整
肃的军容。

④"中天"四句　悲笳：悲壮的胡笳。胡笳，西北少数民族的
一种管乐器，为军中肃静营垒之号。　四句为一段，写军令森严的
夜中景象。"动"字、"惨"字，两相对照，见出军令森严。

⑤"借问"二句　嫖姚：官名。汉名将霍去病善骑射，武帝时

曾为嫖姚校尉,在对匈奴作战中立下了不少功勋。　两句为一段,是全篇的总结,赞美"大将"。

全篇层次清晰,结构严谨,夹叙夹景,有声有色。

自京赴奉先县咏怀五百字

天宝十四年(755)十一月，杜甫改任右卫府胄曹参军，抽空从长安回奉先(今陕西省蒲城)探家。沿途百草凋零，高风劲疾，路过骊山时闻乐声动地，到家后又见妻儿冻馁，悲苦愁绝。他由己及人，由家及国，百感交集，于是提起笔来写下了这首长篇杰作。

这首诗写他旅途中和到家后的见闻与感慨。诗中描写了他内心的矛盾、痛苦和怨愤，反映了统治者的骄奢腐败、人民的疾苦和安史之乱前夕的社会危机，表现了诗人对国事深深的忧虑。蔡梦弼《草堂诗话》引《庚溪诗说》云："观《赴奉先咏怀》五百言，乃声律中老杜心迹论一篇也。……为下士所笑，而浩歌自若；皇皇慕君，而雅志栖遁。既不合时，而又不为低屈，皆设疑互答，屡致意焉。非巨刃有余，孰能之乎？中间铺叙间关酸辛，宜不胜戚戚；而'默思失业徒，因念远戍卒'，所谓忧在天下而不为一己得失也。"这确实是集中地反映了杜甫对社会人生态度的不朽诗篇。

杜陵有布衣，老大意转拙。

许身一何愚，窃比稷与契。①

居然成濩落，白首甘契阔。

盖棺事则已，此志常觊豁。②

穷年忧黎元，叹息肠内热。

取笑同学翁，浩歌弥激烈。③

非无江海志，萧洒送日月。

生逢尧舜君，不忍便永诀。④

当今廊庙具，构厦岂云缺？

葵藿倾太阳，物性固难夺。⑤

顾惟蝼蚁辈，但自求其穴。

胡为慕大鲸，辄拟偃溟渤？⑥

以兹悟生理，独耻事干谒。

兀兀遂至今，忍为尘埃没！⑦

终愧巢与由，未能易其节。

沉饮聊自遣，放歌破愁绝。⑧

岁暮百草零，疾风高冈裂。

天衢阴峥嵘，客子中夜发。

霜严衣带断，指直不能结。⑨

凌晨过骊山，御榻在嵽嵲。

蚩尤塞寒空，蹴踏崖谷滑。

瑶池气郁律，羽林相摩戛。⑩

君臣留欢娱，乐动殷胶葛。

赐浴皆长缨，与宴非短褐。⑪

彤庭所分帛，本自寒女出。

鞭挞有夫家，聚敛贡城阙。⑫

圣人筐篚恩，实愿邦国活。

臣如忽至理，君岂弃此物？⑬

多士盈朝廷，仁者宜战栗。

况闻内金盘，尽在卫霍室。⑭

中堂有神仙，烟雾蒙玉质。

暖客貂鼠裘，悲管逐清瑟。

劝客驼蹄羹，霜橙压香橘。⑮

朱门酒肉臭，路有冻死骨！

荣枯咫尺异，惆怅难再述。⑯

北辕就泾渭，官渡又改辙。

群水从西下，极目高崒兀。⑰

疑是崆峒来，恐触天柱折。

河梁幸未拆，枝撑声窸窣。

行李相攀援，川广不可越。⑱

老妻寄异县，十口隔风雪。

谁能久不顾？庶往共饥渴。⑲

入门闻号咷，幼子饿已卒！

吾宁舍一哀？里巷亦呜咽。⑳

所愧为人父，无食致夭折。

中华聚珍文学丛书—杜甫诗今译

岂知秋禾登，贫窭有仓卒。㉑
生常免租税，名不隶征伐。
抚迹犹酸辛，平人固骚屑。㉒
默思失业徒，因念远戍卒。
忧端齐终南，澒洞不可掇。㉓

【今译】

我本是杜陵的一个普通人，年纪大了，头脑也
　　变得笨拙起来。

我立志真太愚蠢，私下里把自己比作稷和契。

竟然志大而无所作为，头都白了，还心甘情愿
　　地勤苦劳碌。

直到死去，一切事情才完了；活着就希望能实
　　现自己的抱负。

我终年为老百姓忧虑，对他们的不幸深表同
　　情，叹息不已。

越是被旧同学取笑，我的志向就越是坚定
　　不移。

我并不是没有浪迹江海、过着洒脱生活的
　　志趣；

无奈生逢尧舜那样的贤君，不忍就如此轻易
　归隐。

当今国家的栋梁之材，难道还缺少吗？

但葵藿向着太阳生长，事物的本性原来就难
　以改变的啊！

自念只是蝼蚁一类的动物，求得栖身的巢穴
　便满足了。

为什么要羡慕那大鲸，动辄就要栖息在无边
　的大海里呢？

因此就耽误了生计，也耻于干那些奔走权门、
　营求富贵的勾当。

直到今天还是穷困潦倒——我怎忍埋没于尘
　埃之中呢？

我很惭愧始终不能像巢父和许由那样隐遁，
　我不能改变自己的志节啊！

只好沉饮聊以自遣，放歌以抒发心中极度的
　愁闷。

岁暮百草凋零，疾风仿佛把高冈都吹裂了。

天色阴晦，寒气逼人，我半夜动身出发。

繁霜严寒中衣带断了，冻僵的手指无法把它

结好。

凌晨经过骊山，皇上的寝宫就在高高的山上。

大雾弥漫着寒空，我在泥泞的崖谷一步一滑
　　地前行。

山上温泉暖气蒸腾，众多的羽林军互相挤
　　拥着。

君臣在那里寻欢作乐，乐曲奏起，声音宏亮，
　　回荡不息。

赐浴的尽是王公大臣，参加饮宴的都不是平
　　民百姓。

朝廷分赐给群臣的绢帛，本来出自贫家女儿
　　之手。

官府鞭挞她们的丈夫，把她们生产的东西搜
　　集起来，进贡到京城里去。

皇帝用竹筐盛币帛分赐群臣，以示恩宠，本意
　　是想国家生存发展。

群臣如忽视这个重要的道理，国君岂不是白
　　白地把财物扔掉？

朝廷中济济多士，有良心的朝臣都应该触目
　　惊心，

何况宫禁里的奇珍异宝,尽归外戚所有呢!

堂上有美丽的歌伎,在香烟缭绕中翩翩起舞。

貂裘暖和着宾客,激越的管乐声伴随着清泠
　　的弦乐。

主人用驼蹄羹劝客,宴席上还有霜橙和香橘。

豪门贵族酒肉多得吃不完发臭,路旁却有冻
　　死者的骸骨!

一盛一衰,咫尺之间有多大差别啊! 我难过
　　得不能再讲述下去了。

驱车向北来到泾渭水边,过渡后再改道前进。

众水由西而下,放眼望去浪高如山。

我怀疑是崆峒山奔驰而来,恐怕它把天柱也
　　撞断了。

河桥幸好没有被冲毁,桥身猛烈地摇晃着,桥
　　柱发出窸窣的声响。

行人互相牵携着过桥——河水是那样宽阔,
　　实在是难以渡越啊!

老妻寄居在外县,一家十口为风雪所阻隔。

谁能长久地不顾念妻儿? 我希望到那边去跟
　　家人一起过穷苦的日子。

走进家门时,听见凄惨的哭声——幼子已经
　饿死了!

邻居也泣不成声,我又怎能不哀痛?

没有粮食给孩子们吃,使幼子夭折了,我这个
　做人父亲的,真是惭愧啊!

我又怎知道秋收之后,穷人家还会发生这样
　意想不到的事呢!

我本来按例可以免缴租税,名字也不在行伍
　之列。

回想自己的遭遇尚且那么辛酸,平民百姓就
　更没法活了。

我想念着流离失所的人,我记挂着远方戍守
　的士卒。

我的忧愁像终南山那样高,像大水那样茫无
　际涯,不可收拾。

【注释】

　　① "杜陵"四句　杜陵布衣:杜陵,位于长安东南郊,是汉宣帝
的葬所。杜甫祖籍杜陵,自己也曾居此,故常以"杜陵布衣""杜陵
野老"自称。布衣,没有官职的人,平民百姓。　老大:时杜甫年四
十四,自以为老大。　拙:笨拙。诗中有真率、诚恳之意。　许身:

期望自己。　一何：多么。　窃：私自。　稷、契（xiè谢）：传说中辅佐尧和舜的两位贤臣（稷为农官，契为司徒），是古代人们理想中的政治家。　四句写自己的政治抱负。

②"居然"四句　居然：果然。　濩（huò获）落：联绵字，即"瓠落""廓落"，大而无所容。《庄子·逍遥游》："惠子谓庄子曰：'魏王贻我大瓠之种。我树之成，而实五石。以盛水浆，其坚不能自举也；剖之以为瓢，则瓠落无所容。'"此指志大而无所作为。契（qì砌）阔：《诗·邶风·击鼓》："死生契阔。"《毛传》："契阔，勤苦也。"　觊豁（jì huò既霍）：希望能够实现。觊，希冀。豁，达到。四句言甘心勤苦，矢志不渝。"甘"字、"常"字表现作者以身许国、矢志不渝的优秀品质。

③"穷年"四句　穷年：终年，一年到头。　黎元：百姓。肠内热：犹言"热中肠"，热诚之意。　翁：本为表敬意之词，此含讽刺意。　弥：越益。　前二句说自己终年为百姓操心；后二句承"居然"四句，仍写自己志向不变。

④"非无"四句　江海志：遁迹江湖的愿望。　尧舜：传说中古代的两位贤君，此借指唐玄宗。　永诀：永远辞别。　四句说明自己志向不变的原因，是对前八句的申说。

⑤"当今"四句　廊庙具：国家的栋梁之材。　葵藿：葵，菜蔬的一种，并非向日葵；藿，豆的叶子。二者均有向日性。　夺：易，改变。　四句写对君国的忠心。前二句以"构厦"作比，后二句以"葵藿"自况。

⑥"顾惟"四句　顾惟：自念。　蝼蚁：蝼蛄和蚂蚁。比喻渺小的人物。与上文"葵藿"同是自况之词。　偃：偃伏，栖息。　溟渤：无边无际的大海。　四句是说：像我这样微不足道的人，求一个安身之所就行了，为什么要羡慕政治上的风云人物？或谓上两句"表示对自私自利、鼠目寸光之徒的蔑视"，非是。

⑦"以兹"四句　以兹：由此，因此。以，由，因。介词。兹，此。指示代词。　生理：生计。　事：做，干。动词。　干谒：奔

走权门。　兀兀：穷困。一说劳碌勤苦。　忍：怎忍。　四句谓因不事钻营而穷困至今。

⑧ "终愧"四句　巢与由：巢父与许由，传说中唐尧时人，被认为最清高的隐者。　破：解除，消解。　愁绝：极愁。　前二句言不能易节归隐，后二句写自己愁闷之极。

以上三十二句为一段，写平生的志向、遭遇，自叙忧国忧民的怀抱。

⑨ "岁暮"六句　天衢：天空。天空高远广大，无处不通，如同广阔的街道，故称。　峥嵘：山高貌。此形容天气极其寒冷。　六句写出发时间及途中严寒。作者用夸张手法，突出途中艰苦之状。

⑩ "凌晨"六句　骊山：在今陕西省西安市临潼区，上有华清宫和温泉。　御榻：寝宫。唐玄宗与杨贵妃常在骊山度冬避寒。　嵽嵲（dié niè 蝶蹑）：山高峻貌。　蚩尤：传说中上古东方九黎族酋长，能唤云呼雨，曾与黄帝作战，作大雾。此代指大雾。瑶池：神话中西王母游宴之所。此指骊山温泉。　郁律：形容水气蒸腾、暖气氛氲。　羽林：皇室卫队。　相摩戛：互相摩擦。　六句写凌晨过骊山时所见：前二句交代时间、地点；中二句写自然景物，突出旅途艰辛；后二句写遥望骊山所见，引出下文的议论。

⑪ "君臣"四句　殷（yīn 因）：声音盛大。　胶葛：广大貌。此谓乐声在广阔的原野上回荡不息。　长缨：长长的帽带，代指权贵。　短褐（hè 贺）：粗布短衣，代指平民。　四句写君臣在骊山寻欢作乐的情景：一、二句写乐声，三句写赐浴，四句写饮宴。

⑫ "彤庭"四句　彤庭：皇宫多以朱红涂饰，故称。　聚敛：搜刮，剥削。　城阙：指京城。　四句揭露朝廷聚敛之残酷。"彤庭"，承"君臣""长缨"；"寒女"，承"短褐"。"鞭挞""聚敛"，见手段之狠毒，写出贵贱贫富的对立，表现作者对朝廷的不满和对百姓的同情。

⑬ "圣人"四句　圣人：指皇帝。　筐篚（fěi 匪）：两种竹制盛器。宫宴中用以盛币帛赏赐臣下。　邦国活：使国家生存发

展。　忽：忽视。动词。　至理：深义，最重要的道理。　四句写赏赐的淫滥。

⑭"多士"四句　多士：指百官。《书·多士》孔颖达疏："士者，在官之总号，故言士也。"　盈：充满。　内：大内，宫禁。　金盘：借代皇宫里的奇珍异宝。　卫霍：卫青、霍去病。汉武帝时很有势力的外戚。借指杨贵妃的亲属，如杨国忠之流。　四句承前仍写赏赐之滥。"尽"字，见杨氏亲属之专宠骄奢。前二句写面，后二句写点。"卫霍室"三字，引出下文六句。

⑮"中堂"六句　神仙：唐人对歌伎的惯称。　烟雾：指堂上香烟。或谓形容衣裳的轻飘。　蒙：笼罩。　玉质：形容肌肤白腻，身体洁美。　管：笙箫一类的竹制乐器。　瑟：弦乐器的一种。　悲、清：指乐音激越清脆。　逐：伴随。　六句设想杨氏家族的宴会场面。

⑯"朱门"四句　朱门：豪富之家。以其门户涂朱，故称。荣枯：盛衰。　咫尺：很近的距离。周代八寸为"咫"。　四句是作者的议论和感慨。"朱门"句是上文六句的概括和总结，为千古名句。下句"荣"承"朱门"，"枯"承"冻死骨"，对比有力。

以上三十八句为一段，写过骊山时的所见、所闻、所感，揭露君臣的淫乐，赏赐的奢滥，聚敛的残酷，外戚的侈靡和百姓的痛苦。本段夹叙夹议，作者在叙事的基础上议论朝政，揭露矛盾，抒写情怀，突出了全篇的主题。

⑰"北辕"四句　北辕：车向北行。辕，车前驾牲畜的部分，借代车子。　就：靠近，前往。动词。　泾渭：二水名。汇合于昭应县（今陕西省临潼）境。　官渡：公家设置的渡口。在昭应县境内。　改辙：改道。由长安赴奉先，先经骊山，折北至昭应县渡泾渭二水，然后改道北行。　崒（zú族）兀：山高貌。此指浪头高。　前二句承前"过骊山"，写路途所经；后二句写水势，突出旅途艰险。

⑱"疑是"六句　崆峒来：崆峒，山名。在今甘肃省岷县境内。泾渭二水，源出陇西，水从西北而下，故云。　天柱折：《淮南子·

天文训》："昔者共工与颛顼(zhuān xū 专须)争为帝,怒而触不周之山,天柱折,地维绝。" 梁:桥。 枝撑:支桥的交柱。 窸窣(xī sū 悉宿):桥摇晃发出的声响。 行李:行人。 相攀援:相互牵携着。 六句承前仍写旅途艰险:前二句言水急浪高,中二句谓河桥摇晃势险,后二句写行人过桥渡河情状。由水而桥,最后写桥上行人,层次清楚。

⑲"老妻"四句 寄异县:指客居奉先。 顾:顾念。 庶:希望。 四句写途中念及妻儿。前二句念及妻儿困苦,后二句写归家目的。四句是上下文的过渡。

⑳"入门"四句 宁:岂。疑问代词。 一哀:痛哭一场。《礼·檀弓》："遇于一哀而出涕。" 里巷:同里巷的人。指邻居。 四句写到家时的所见、所闻,极言丧子之痛。"幼子饿已卒",作者举一端以见其余,一语道出了家人的惨状。

㉑"所愧"四句 夭折:未成年而死。 登:成熟,完成。指收获谷物。 窭(jù 踞):贫穷。 仓卒:急遽貌。引申为发生意外事件。卒,同"猝"。 四句承前写丧子引起的感慨。

㉒"生常"四句 生常免租税:作者世代为宦,自己也当个小官,按例享有免租免役的特权。 隶征伐:隶属军籍。征伐,指军队,行伍。 抚迹:回想经过的事。 平人:即平民。唐人避太宗李世民讳,故以"人"代"民"。 固:意谓情况本就如此,自不必说。 骚屑:烦扰不宁。 四句由己及人,想到平民百姓的痛苦。

㉓"默思"四句 失业徒:失去家业、无家可归的人们。 忧端:愁绪。 滒(hòng 讧)洞:大水茫然无际貌。 掇:收拾。四句承前写由己及人而引起的无限忧愁。

以上三十句为一段,写到家后的所见、所感。

全篇以忧开头,以忧作结,前段纯是"咏怀",二、三段以旅途为线索,记叙所经、所见,又由所经、所见而发议论,抒愁怀。整首诗思想深刻,章法谨严,叙事、议论、抒情穿插得很好,显示出诗人在长篇古体方面高超的艺术技巧。

述　怀

　　天宝十六年(757)四月,杜甫从长安贼中逃至凤翔,拜左拾遗,政治上算是有了一个归宿。但是,思家之苦仍然折磨着他。他曾写信探听家中情况,却得不到回音。潼关失陷后,河东、华阴、凤翔、上洛防御使皆弃郡逃走,所在守兵皆散,无辜百姓惨遭杀戮。杜甫得知消息后,更思念鄜州的家小。他想请假探家,但因刚受官职,又不便提出来,只有苦苦地担忧着。诗中多想象之词,借以描述战乱中民众的悲惨生活,表现作者对他们的深切关注和同情。

　　去年潼关破,妻子隔绝久。

　　今夏草木长,脱身得西走。①

　　麻鞋见天子,衣袖见两肘。

　　朝廷愍生还,亲故伤老丑。②

　　涕泪受拾遗,流离主恩厚。

　　柴门虽得去,未忍即开口。③

　　寄书问三川,不知家在否。

　　比闻同罹祸,杀戮到鸡狗。④

　　山中漏茅屋,谁复依户牖?⑤

　　摧颓苍松根,地冷骨未朽。

几人全性命,尽室岂相偶?
嶔岑猛虎场,郁结回我首。⑥
自寄一封书,今已十月后。
反畏消息来,寸心亦何有?⑦
汉运初中兴,生平老耽酒。
沉思欢会处,恐作穷独叟。⑧

【今译】

去年潼关被叛军攻破以来,与妻儿就长久地
　　隔绝了。
今夏草木丛生之时,我才得到机会脱身西行。
穿着麻鞋上朝谒见皇上,衣袖破烂得露出了
　　两肘。
朝廷哀怜我死里逃生回来,亲戚故旧因我变
　　得又老又丑而伤心。
受封拾遗之职,我感动得流下了热泪;经历过
　　颠沛流离之后,更感到主上恩厚。
即使能够回家一趟,国难当头,我也不便马上
　　就开口请求。
我曾寄信探问家中的情况,不知我的家还在

不在呢？

近来听说那一带的老百姓都遭到了祸害，连鸡狗也不能幸免。

在我山中破旧的茅屋里，谁还依着门窗思念我呢？

村落死者的骸骨倒伏在苍松树下，地冷天寒，至今还没有腐朽。

家里有几人能保住性命，一家人又怎能团聚呢？

那儿地势高峻，是猛虎出没的场所。想到这里，我不由得愁肠百结，回首凝望。

我自去年寄了一封信回家，到现在已经过去十个月了。

我反而怕有消息传来——我心都碎了啊！

国运开始到了中兴时候，我平生嗜酒，现在正好以酒自慰；

但想到与家人欢聚的时刻，又害怕家人已死尽，只剩我一个贫穷孤独的老朽。

【注释】

① "去年"四句　潼关破：天宝十五年(756)六月，潼关守将哥

舒翰被执降贼,叛军破潼关。　"妻子"句:七月,杜甫自鄜州离家投奔灵武,途中被叛军掳至长安,至此离家已一年,故云。　"今夏"句:用陶潜《读山海经十三首》诗"孟夏草木长"句意。　脱身:指从长安贼中脱身逃奔凤翔。　四句写潼关陷贼,妻子隔绝。

②"麻鞋"四句　肘:上臂与前臂相接处向外突起的部分。憫:同"悯",哀怜。　四句写到达凤翔时的情景。"麻鞋""衣袖",写其衣着;"老丑",写其容貌。作者以侧面描写表现所历之艰辛。"憫"字、"伤"字下得妥帖。

③"涕泪"四句　虽:即使。　四句申述不得返家的原因。

以上十二句为一段,写生还受职,思念家室。首二句领起思家之情。"未忍"句点明思家而不得归的原因,引出下面一段。

④"寄书"四句　三川:杜甫家居之地。在鄜州南。　比闻:近闻。　罹(lí离):遭受。　四句写寄书问家及对家人命运的忧虑。"杀戮"句,深刻地揭露叛军的暴行,同时交代忧虑的原因。

⑤牖(yǒu有):窗子。

⑥"几人"四句　尽室:全家。　相偶:相聚。　嵚(qīn钦)岑:山高貌。　猛虎场:猛虎出没的场所,喻叛军横行的地区。四句仍写对家人命运的忧虑。

以上十二句为一段,写思家的情怀,突出作者的忧虑。

⑦"自寄"四句　十月:十个月。作者七、八月得家书,闰八月即还家,可知非指孟冬十月。　"反畏"句:作者盼望家人音讯,但又怕不幸的消息传来,故云。宋人陈师道《寄外舅郭大夫》诗"深知报消息,不敢问何如",由此化出。　四句由忧而"畏",把思家之情推进一层。

⑧"汉运"四句　汉运:指唐朝国运。　四句由"畏"而"恐",把思家之情推至顶峰。

以上八句为一段,写对家人遭受不幸的恐惧。"十月后",与"隔绝久"呼应。"反畏",深刻而真实地表现了作者忧虑恐惧的心理。

北　征

　　至德二年(757)八月，杜甫由凤翔回鄜州探家。本篇写于到家之后。鄜州在凤翔东北，故以"北征"名篇。汉班彪有《北征赋》。本诗仿其题，章法亦效赋体。

　　《北征》与《自京赴奉先县咏怀五百字》同以探家为题材，但较后者有更多的叙事成分。它气魄雄浑，思想深刻，格调沉郁，是古代诗歌中的优秀之作。叶梦得把它比作司马迁的《史记》，认为它"穷极笔力"，为"古今绝唱"。它历来被誉为"诗史"。

　　诗中有作者心理活动的细致刻画，有旅途艰辛的具体描写，有家庭生活的生动叙述，有关于社会时局的深刻分析。这首诗虽以探家为题材，但作者的着眼点不在于申述个人的不幸，而在于思考人生，反映社会，忧伤国事。因此，它字字句句都饱含着诗人的家国之思。

　　这首诗叙事、议论、抒情自然糅合；内容繁复而不会破碎零乱，波澜起伏而又能浑然成篇，显示出作者的宏伟气魄。

皇帝二载秋，闰八月初吉。

杜子将北征，苍茫问家室。①

维时遭艰虞，朝野少暇日。

顾惭恩私被，诏许归蓬荜。②

拜辞诣阙下，怵惕久未出。

虽乏谏诤姿，恐君有遗失。③

君诚中兴主，经纬固密勿。

东胡反未已，臣甫愤所切。④

挥涕恋行在，道途犹恍惚！

乾坤含疮痍，忧虞何时毕！⑤

靡靡逾阡陌，人烟眇萧瑟。

所遇多被伤，呻吟更流血。⑥

回首凤翔县，旌旗晚明灭。

前登寒山重，屡得饮马窟。⑦

邠郊入地底，泾水中荡潏。

猛虎立我前，苍崖吼时裂。⑧

菊垂今秋花，石带古车辙。

青云动高兴，幽事亦可悦。⑨

山果多琐细，罗生杂橡栗。

或红如丹砂，或黑如点漆。⑩

雨露之所濡，甘苦齐结实。

缅思桃源内，益叹身世拙。⑪

坡陀望鄜畤，岩谷互出没。

我行已水滨，我仆犹木末。⑫

鸱鸟鸣黄桑，野鼠拱乱穴。

夜深经战场，寒月照白骨。⑬

潼关百万师，往者散何卒！

遂令半秦民，残害为异物⑭。

况我堕胡尘，及归尽华发。

经年至茅屋，妻子衣百结⑮。

恸哭松声回，悲泉共幽咽。

平生所骄儿，颜色白胜雪⑯。

见耶背面啼，垢腻脚不袜。

床前两小女，补绽才过膝⑰。

海图拆波涛，旧绣移曲折。

天吴及紫凤，颠倒在裋褐⑱。

老夫情怀恶，呕泄卧数日。

那无囊中帛，救汝寒凛栗⑲。

粉黛亦解苞，衾裯稍罗列。

瘦妻面复光，痴女头自栉⑳。

学母无不为，晓妆随手抹。

移时施朱铅，狼藉画眉阔㉑。

生还对童稚，似欲忘饥渴。

问事竞挽须，谁能即嗔喝？㉒

翻思在贼愁，甘受杂乱聒。

中华聚珍文学丛书——杜甫诗今译

新归且慰意，生理焉得说？㉓

至尊尚蒙尘，几日休练卒？

仰观天色改，坐觉妖氛豁。㉔

阴风西北来，惨淡随回纥。

其王愿助顺，其俗善驰突。㉕

送兵五千人，驱马一万匹。

此辈少为贵，四方服勇决。㉖

所用皆鹰腾，破敌过箭疾。

圣心颇虚伫，时议气欲夺。㉗

伊洛指掌收，西京不足拔。

官军请深入，蓄锐可俱发。

此举开青徐，旋瞻略恒碣。㉘

昊天积霜露，正气有肃杀。

祸转亡胡岁，势成擒胡月。

胡命其能久？皇纲未宜绝。㉙

忆昨狼狈初，事与古先别。

奸臣竟菹醢，同恶随荡析。㉚

不闻夏殷衰，中自诛妺妲。

周汉获再兴，宣光果明哲。㉛

桓桓陈将军，仗钺奋忠烈。

微尔人尽非，于今国犹活。㉜

凄凉大同殿，寂寞白兽闼。

都人望翠华，佳气向金阙。㉝

园陵固有神，扫洒数不缺。

煌煌太宗业，树立甚宏达。㉞

【今译】

肃宗皇帝至德二年秋闰八月初一，

我将北行，去探看远方情况不明的家室。

时局艰难困苦，在朝在野都难得过安闲日子；

皇上准许我归家探亲，我独受皇恩，回顾起来

　　深感惭愧。

当我到宫殿朝见皇上，向他拜别的时候，心里

　　诚惶诚恐，长时间未敢辞出。

虽缺乏谏官的资质风度，但唯恐皇上有过

　　失啊！

皇上真是中兴之主，苦心勤勉地处理国家

　　大事。

安史之乱还没有结束，我感到深切的痛愤。

当我与凤翔挥泪作别的时候，心里恋恋不舍，

途中仍恍惚不安。

国家饱受创伤,忧患什么时候才能完结?

我在路上缓缓前行,只见人烟稀少,满目
　　萧条。

碰到的人有许多是在战争中受伤的,他们沿
　　途呻吟又流血。

回望凤翔县,旌旗在斜晖下忽明忽灭地闪动。

往前攀越层叠的寒山,常常发现军马留下的
　　痕迹。

从高山下行进入邠郊,就像走进地底似的,泾
　　水从邠郊穿流而过。

猛虎出现在前边,怒吼声仿佛要把苍崖震裂。

今秋的新菊缀满枝头,山石上还带着古时的
　　车辙。

游目四望,青天白云引动了我的兴致,山中野
　　趣亦足以令人愉悦。

山果大都长得很细小,到处长满了橡栗。

有的果子红如朱砂,有的果子黑似点漆。

只要是雨露滋润的树木,或甘或苦都结出了
　　果实。

遥想陶渊明所描写的桃花源里的情景,就越
　　加感叹自己身世的不幸。

站在冈陵起伏的地方远望鄜州,见岩谷时隐
　　时现。

我已行至水滨,仆人却还在高处,望去好像在
　　树梢上一样。

鸱鸟在黄叶凋零的桑树上啼鸣,野鼠在乱穴
　　中拱立。

深夜行经战场的时候,冷冷的月光映照着
　　白骨。

潼关百万官军,当日溃散得多么仓猝啊!

这使关中半数百姓,惨遭杀害而成了鬼物。

何况我曾身陷贼中,到归家时头发已完全
　　花白。

隔别一年才回到自己的茅屋中,老妻儿女都
　　衣衫褴褛。

恸哭声和松涛声一起回荡,悲切的泉声与低
　　泣声互相和答。

我向来所宠爱的孩子,脸色比雪还要苍白。

看见爸爸就背着面哭啼,他肮脏不堪,脚上不

穿袜子。

床前两个小女儿,缝补过的裤子才勉强遮蔽
　　膝头。

旧的刺绣的衣物拿来补衣服,把海涛状的花
　　纹都剪碎了。

天吴和紫凤的图案,颠倒过来补在粗布短
　　衣上。

我心情恶劣,又吐又泻,躺了好几天。

无奈我囊中没有钱帛,以解救你们的饥寒。

家人解开了粉黛包,摆好了被褥和床帐。

瘦妻面上又有了光彩,傻女儿自去梳头打扮。

她处处学着母亲,晨起梳妆时随手涂抹。

一会儿又擦上胭脂铅粉,乱七八糟地把眉画
　　得阔阔的。

能活下来面对这些天真可爱的孩子,好像把
　　饥渴都忘记了。

他们争着拉我的长须,向我问这问那,我怎能
　　就这样喝止他们?

回想在贼中的愁苦日子,我心甘情愿在家里
　　忍受吵吵嚷嚷。

刚归来暂且得到些安慰,哪能谈得上生计呢?

皇上还避难在外,哪一天才不再训练军队?

仰看天色变了,坐觉妖气渐散,天空开朗
　　起来。

但是阴风又从西北吹来,随着回纥到来,眼前
　　又变得愁云惨淡。

他们的国王愿意助唐平乱,他们的风俗善于
　　奔驰冲突。

他们送来了精兵五千,赶来了战马万匹。

这种人以数量少为好,他们勇敢果断,使四方
　　叹服。

所用的士卒都像鹰隼似的矫腾,破敌比飞箭
　　还要快速。

皇上颇为虚心地期待着他们,但当时朝臣的
　　相反议论却使人沮丧。

东京本来很容易收复,西京也不难攻取。

请派官军深入两地,养精蓄锐,伺机齐发。

此举能打开青州、徐州的局面,转眼可望攻取
　　叛军盘踞的恒山和碣石山一带。

天空霜露积聚,天地充满肃杀之气。

现在时来祸消,正是亡胡的年月,擒胡的大势
　　已经形成。

叛军的日子还能长久吗? 朝廷的纲纪是不该
　　断绝的啊!

回想当日玄宗仓皇入蜀,情况与古代祖先有
　　所区别。

奸臣杨国忠竟被剁成肉酱,跟他们同伙作恶
　　的也一起灭亡了。

没听说在夏、殷衰世的时候,夏桀、殷纣王会
　　主动把妹喜、妲己杀掉;

周、汉获得中兴,周宣王、汉光武帝果然明
　　哲啊!

威武的陈将军,你执钺代皇上杀了罪人,表现
　　得多么忠烈!

要是没有你,大家都将沦为异族了——现在
　　国家还生存着呢!

大同殿一片凄凉,白兽闼萧条冷落。

京城里的人翘首盼着皇帝的仪仗,宫殿正出
　　现良好的气象。

唐朝历代皇帝的园陵本来就有神灵,长安收

复之日当洒扫一番以全礼数。

唐太宗树立的煌煌基业，是多么雄壮宏伟啊！

【注释】

①"皇帝"四句　皇帝二载：肃宗至德二年（757）。　初吉：朔日，即初一。　杜子：作者自称。　苍茫：迷茫辽远。　问：探望。　前二句交代"北征"的时间，后二句点题，并说明"北征"的目的。班昭《东征赋》云："惟永初之有七兮，余随子乎东征。时孟春之吉日兮，撰良辰而将行。"本诗开篇似之。

②"维时"四句　维：发语词。　艰虞：艰苦，忧虞。　朝野：朝廷和草野。指做官的和未做官的。　顾：自念，自己回顾。　恩私被：自己独自蒙受皇恩。被，承受。　蓬荜：蓬门荜户，穷人的住处。　四句说明"北征"的背景。"少暇日"，与上文"苍茫"照应。

③"拜辞"四句　辞：辞别。　诣阙下：到宫殿朝见皇帝。诣，前往，到。阙下，指皇宫。　怵（chù 畜）惕：惶恐，警惕。　谏诤（zhèng 正）姿：劝谏时应有的态度。姿，原意为体态、风度，此亦有资质之义。　遗失：疏忽，过失。杜甫时官左拾遗，负责谏诤皇帝，补救朝政阙失。　四句承前四句，言恐皇上有疏忽、过失，欲去不忍。作者曾因上疏救房琯，触怒肃宗，诏令三司推问，宰相张镐说情，始得免罪。肃宗自此疏远了他。后二句所说与此事有关。

④"君诚"四句　固：本来。　密勿：劳心勉力，周密勤勉。　东胡反：指安史之乱。按，安禄山之子安庆绪，是年正月杀禄山称帝，盘踞洛阳。　前二句赞肃宗，后二句言为国事而痛愤。

⑤"挥涕"四句　行在：皇帝临时驻地，指凤翔。详见《喜达行在所》注。　含疮痍：受创伤。　忧虞：忧虑，忧患。　四句写上路时的痛苦与忧虑。"首途"，带出下面一段。

以上二十句为一段，点题，交代"北征"的时间、背景，写出辞别皇上和踏上征途时不忍离去的心情。

⑥"靡靡"四句　靡靡：迟行貌。《诗·王风·黍离》："行迈靡靡,中心摇摇。"　阡陌：田间道路。南北曰"阡",东西曰"陌"。被伤：受创伤。　更：还,又。　四句写沿途荒凉凄惨之状。"靡靡"和下文"回首",均与上文"恋"字呼应,写恋恋不舍之状。

⑦"回首"四句　明灭：乍明乍灭。　重：重叠。　得：发现。　饮马窟：行军饮马的水洼。古乐府有"饮马长城窟"句。此指山间军马留下的痕迹。　前二句写回望所见,依恋之情溢于言表。后二句写前行所历、所见。

⑧"邠郊"四句　邠(bīn 缤)郊：邠州的郊野。邠,邠州,今陕西省彬州市。　入地底：泾水流经邠州北部,形成盆地,由高冈下行,就像走入地底。　泾水：发源于泾州,东南流入邠州界。　荡潏(jué 决)：水波涌动貌。　猛虎：或谓指苍崖的怪石如虎蹲伏,亦通。　四句用夸张手法,写从高处下行低处时的艰险。

⑨"菊垂"四句　动高兴：引起很高的兴致。　幽事：指山中幽静的景物。　四句写山中花石云彩。风物之美,使作者抑郁稍舒。"幽事亦可悦",是前三句的小结,亦是下面八句的发端。

⑩"山果"四句　橡栗：即橡子。栎树的果实,形似栗,可吃。杜甫曾拾橡栗充饥。　四句写山中野果。作者从形状、颜色写野果,写得引人入胜。

⑪"雨露"四句　缅思：遥想。　桃源：即晋陶渊明《桃花源记》中所描绘桃花源。　拙：笨拙。此谓不长于处世。　四句即景抒怀,以山果结实设喻,由眼前之物想到自身的遭际,感叹落泊失意,事业无成。

⑫"坡陀"四句　坡陀：冈陵起伏之地。　鄜畤(zhì 志)：鄜州的别称。因春秋时秦国在此设畤祭白帝而得名。畤,古代祭祀天神的祭坛。　互出没：时现时隐。　木末：树梢。　四句谓从冈峦起伏的高山行至水滨,写出旅途跋涉。

⑬"鸱鸟"四句　鸱(chī 痴)：鸱鹰。　黄桑：黄叶凋零的桑

树。《诗·卫风·氓》有"桑之落兮,其黄而陨"句。　拱:此指野鼠见人拱立。　四句写野地战场的荒凉凄惨景象。作者选取富于代表性的景物,从声、色、动、静四个角度描写,成功地渲染气氛,抒写情怀。后二句引出下面四句。

⑭"潼关"四句　潼关百万师:天宝十五年(756)六月,潼关哥舒翰守军二十万,为崔乾祐所诱,与叛军战于灵宝,溃败坠河,几乎全军覆没。百万,夸张说法。　卒:同"猝",仓猝。　秦民:关中之民。　为异物:人死后变成鬼物。　四句由战场白骨想起当日潼关惨败。其语极其沉痛,一方面表示对战死者的哀悼,一方面也包含对战役指挥者的谴责。

以上三十六句为一段,写从凤翔往鄜州沿途所历、所见、所感。所感由所历、所见引起,情与景自然融合。作者因所历、所见不同,时而愁苦,时而高兴,时而沉痛。

⑮"况我"四句　堕胡尘:指前一年八月自鄜州往灵武途中被俘事。　经年:隔年。杜甫自去年(756)七月离家至今,时隔一年。　茅屋:指家。　衣百结:谓衣服破烂不堪。　四句写到家时所见。"及归"二字,承上启下,是连结上下两段的纽带。

⑯"恸哭"四句　骄:宠爱。　白胜雪:指脸色苍白无血色。　四句写家人痛苦、饥饿情景。写哭泣声,以松声、泉声映衬,显得凄切动人;写饥色,举"平生所骄儿"以见一斑。

⑰"见耶"四句　耶:同"爷",爹。　袜:用如动词,穿袜。才过膝:言裤短不称身,仅过膝头。　四句写儿女衣不蔽体。

⑱"海图"四句　海图:海景图案。天吴、紫凤:神话传说中的水神和神鸟。《山海经·海外东经》:"朝阳之谷,有神曰天吴,是为水伯。……其为兽也,八首人面,八足八尾。"韦元旦《早朝》诗:"北倚苍龙阙,西临紫凤垣。"　裋(shù 树)褐:粗布短衣。　四句写"两小女"衣服上的补缀。

⑲"老夫"四句　那无:奈何没有。　寒凛栗:在寒气中颤栗。　前二句言自己心情恶劣,身体不适,后二句叹无力挽救家人

于窘境。四句承上,主要写到家后的心境。

⑳ "粉黛"四句　粉黛:淡青略带黑色的粉,古代妇女用以画眉。　包:指粉黛包,并非作者带回的包裹。　衾裯:被子和帐子。　栉:梳头,篦发。　四句写归家后妻女高兴之状。

㉑ "学母"四句　移时:一会儿工夫。　朱铅:胭脂和铅粉。　狼藉:散乱之状。　四句承上文"痴"字,具体地写女儿的娇痴天真。

㉒ "生还"四句　瞋:怒,生气。　四句仍写孩子的娇痴天真,同时也写他们给自己带来的乐趣。"似欲"二字,说明"饥渴"忘却不了,即使在快乐的时候,作者仍然为愁苦所折磨。

㉓ "翻思"四句　翻思:回想。　聒(guō 郭):声音杂乱。四句写归家得到安慰。

以上三十六句为一段,备述归家的悲喜之状。

㉔ "至尊"四句　至尊:皇帝,指肃宗。　蒙尘:君主避难在外。《左传·僖公二十四年》:"天子蒙尘于外。"　休练卒:停止练兵,指结束战争。　前二句写忧虑国事,后二句谓国事已有了转机。"至尊"二句承上而来,开启本段,表现作者深刻的忧君忧国之思。

㉕ "阴风"四句　阴风:喻回纥军的情势。　回纥:部族名,匈奴族的一支,唐末迁入今新疆维吾尔自治区境内。　"其王"句:《旧唐书·回纥传》:至德二年(757)九月,"回纥遣其太子叶护,领其将帝德等兵马四千余众,助国讨逆,肃宗宴赐甚厚。又命元帅广平王见叶护,约为兄弟,接之颇有恩义。叶护大喜,谓王为兄。"助顺,指援助唐朝平定安史之乱。　驰突:奔驰冲突。　四句写对回纥的忧虑。"善驰突",带出下面六句。

㉖ "送兵"四句　少为贵:此处谓兵少,但精锐可贵。　勇决:勇敢果断。　前二句申足"愿助顺",后二句申足"善驰突",均承前写回纥。

㉗ "所用"四句　鹰腾:鹰一般腾健。　虚伫:虚心期待。

气欲夺：谓当时有些朝臣本不赞成多借外力平乱，但皇帝对回纥寄予重望，便不再坚持异议。　前二句承前仍写回纥的风俗特点，后二句谓皇帝对他们寄予重望。从"阴风""惨淡"，见出作者对回纥持批判态度，因而"圣心颇虚仁"一句隐含作者的不满。

㉘"伊洛"六句　伊洛：二水名，在今河南省境内。此指东京洛阳一带。　指掌收：意谓容易收复。　不足拔：不值得一拔，犹言极易攻取。　青徐：青州和徐州，今山东省及江苏省北部。此泛言西京以东的中原地区。　旋瞻：转眼可见。　略：攻下。　恒碣(jié 竭)：恒山和碣石山。一在今山西省境内，一在今河北省昌黎县北。此泛指安史叛军所据之地。　六句谓只要官军调动得法，两京不难收复，隐含对皇帝借助外力平乱的不满。

㉙"昊天"六句　昊(hào 浩)天：天的泛称。　积霜雪：喻有肃杀之气。　皇纲：朝廷的纲纪，指唐帝国的政权法度。　六句议论时局，仍针对皇帝依赖外族平乱的做法，指出形势有利于官军，胡命不长，光复有日，要有必胜的信心。"皇纲"句，引出下面一段。

以上二十八句为一段，议论大局，对借胡助顺表示忧虑和不满。提出平乱之策，表示对平定叛乱的信心。

㉚"忆昨"四句　狼狈初：指玄宗仓皇入蜀事。　菹醢(zū hǎi 租海)：剁成肉酱。据《通鉴·唐纪三十四》，马嵬驿事变，军士追杀杨国忠，"屠割支体，以枪揭其首于驿门外"。　同恶：同伙作恶的人。指杨氏家族和党羽。《通鉴》又载，国忠之妹韩国夫人、虢国夫人亦同时被诛，妻裴柔及子杨暄、杨晞等皆被追杀。　荡析：飘荡离析。此指灭亡。　四句谓玄宗能诛灭奸党，与古代亡国之君有别。

㉛"不闻"四句　夏殷衰：夏、殷衰世。　中自：谓自动，主动。诛妹(mò 末)妲(dá 达)：杀了妹喜和妲己。此代指杨贵妃马嵬驿身亡事。旧史家谓夏、殷和西周分别亡于女宠妹喜、妲己和褒姒之手。　周汉：周朝和汉朝，此代指唐。　宣光：周宣王和汉光武帝，所谓"中兴之主"，此代指唐肃宗。　前二句承前"事与"句，

言夏、殷分别亡于女宠之手,唐玄宗在安史之乱时能主动诛杀女宠杨贵妃,他毕竟与夏桀、殷纣王不同。后二句言唐肃宗像周宣王、汉光武帝一样,使唐朝获得了中兴。

㉜"桓桓"四句　桓桓:威武貌。　陈将军:指龙武将军陈玄礼,他在马嵬驿带领士兵诛杀杨国忠,迫使玄宗缢死杨贵妃。　仗钺:谓执钺代皇帝诛杀奸党。钺,大斧。　微尔:(如果)没有你。　人尽非:大家都不是现在这个样子。　四句赞陈元礼忠烈。

㉝"凄凉"四句　大同殿:玄宗朝见群臣之所,在长安南苑兴庆宫勤政楼北。　白兽闼:唐宫门名,即白兽门。未央宫有白虎殿,因避唐高祖的祖父李虎之讳,改为白兽殿。　翠华:指皇帝的仪仗。皇帝仪仗的旗以翠羽为饰,故名。　佳气:好气象,指中兴的希望。　金阙:指唐宫。　前二句描写在叛军占领下,长安宫殿凄凉寂寞的景象;后二句指出人心所向,中兴很有希望。

㉞"园陵"四句　园陵:指唐历代皇帝的陵墓。　数:礼数。　煌煌:光明。　四句写作者对重建唐太宗业绩的期望和信心。

以上二十句为一段,写唐朝中兴的希望。

羌 村 三 首

　　至德二年(757)五月，房琯被罢相，杜甫上书为他辩解，触怒肃宗。是年闰八月，肃宗令杜甫回鄜州探家，实际是把他罢免。这组诗写于初到家中的时候。羌村，为杜甫当时家居之地，在今陕西省富县南。

一

　　这一首写初到家时，妻儿、邻居悲喜交集的情景。整首诗在"悲喜"二字上做文章，运用白描手法，通过人物动作、神态的细节描写，把悲喜之情表现得生动感人。

> 峥嵘赤云西，日脚下平地。
> 柴门鸟雀噪，归客千里至。①
> 妻孥怪我在，惊定还拭泪。
> 世乱遭飘荡，生还偶然遂。②
> 邻人满墙头，感叹亦歔欷。③
> 夜阑更秉烛，相对如梦寐。④

【今译】

　　西天赤色的云层叠如山，日脚已经落到地平

线上了。

鸟雀在柴门前喧叫，归家的人从千里之外
　　回来。

妻儿惊疑我还活着，平静下来后还不住的抹
　　眼泪。

我生逢乱世，身遭飘零，生还真是偶然的事。

邻人倚满墙头探看，又是感叹，又是悲泣。

夜深了，一家人还秉烛相对，真像在梦中
　　一样。

【注释】

　　①"峥嵘"四句　峥嵘：山高貌。此形容赤云层叠之状。　日
脚：太阳从云缝射向地面的光线。　柴门：用树条编扎的简陋的
门。　归客：作者自称。　四句为一段，写到家之喜。

　　②"妻孥"四句　妻孥(nú 奴)：妻儿。　遂：成功。　四句写
妻儿悲喜交集之状。

　　③"邻人"二句　歔欷：悲泣声。　两句写邻人悲喜同情之状。

　　④"夜阑"二句　夜阑：夜深。　秉烛：意谓掌灯，点起灯
火。　"疑梦寐"，与上文"怪""惊"呼应。是真是梦，信疑参半。
二句写夜深相对之状，仍写悲喜交集之情。仇兆鳌《杜诗详注》：
"乱后忽归，猝然怪惊，有疑鬼疑人之意。'偶然遂'，死方幸免；'如
梦寐'，生恐未真。"

　　以上为一段，写初到家时妻儿邻人悲喜交集的情景。

这一首写居家生活。作者尽管能和家人团聚，但已失却真正的生活乐趣。诗中充满着乱离中苟且偷生的凄凉寂寞之感，意味深长。

晚岁迫偷生，还家少欢趣。
娇儿不离膝，畏我复却去。①
忆昔好追凉，故绕池边树。
萧萧北风劲，抚事煎百虑。②
赖知禾黍收，已觉糟床注。
如今足斟酌，且用慰迟暮。③

【今译】

晚年被迫苟且偷生，回家也没有多少乐趣。
娇儿不肯离膝，怕我再次离去。
回想往日喜欢乘凉，常常绕行在池边树下。
现在萧萧的北风，刮得多么猛烈！想起一切事情，我不由得百感丛生，无限痛苦。
幸赖已收割了禾黍，仿佛感到糟床也流出酒来了。

如今有足够的酒喝——姑且用它来抚慰我的
晚年吧!

【注释】

①"晚岁"四句　晚岁:晚年。时杜甫四十六岁,因心境恶劣,未老先衰,自以为已到晚年。　娇儿:指爱子宗武,小名骥子。　"畏我"句,一说写小孩对父亲既亲热又害怕的情景,似与"不离膝"未合。　四句写居家心境及娇儿对自己的爱恋。

②"忆昔"四句　故:常常。　抚事:想起自己的经历,想起一切事情。　煎百虑:心里为各种忧虑所煎熬。　四句写家居思绪。

以上八句为一段,写家居生活和所感。赋闲居家,非作者所愿,一"迫"字,透露出他无可奈何的心境。"少欢趣""煎百虑",写出了他的忧郁与苦闷。

③"赖知"四句　赖知:幸好知道。　禾黍:粟和穈子,均为中国北方粮食作物,籽粒可酿酒。　糟床:榨酒用的器物。　注:流注。　斟酌:指喝酒。　且:姑且。　迟暮:迟暮之年,晚年。与"岁晚"义同。　四句为一段,言以酒消忧,姑且度日。"赖"字,承前"煎百虑";"且"字,与"偷生"呼应。很好地表现了诗人无可奈何、聊以自慰的心情。

三

这一首承第一首"邻人",写与他们交往。诗中写了杜甫与邻人淳厚真率的感情,同时也借邻人之口反映了战乱中的民生疾苦,表现了作者忧国忧民之情。

群鸡正乱叫，客至鸡斗争。

驱鸡上树木，始闻扣柴荆。①

父老四五人，问我久远行。

手中各有携，倾榼浊复清。②

莫辞酒味薄，黍地无人耕。

兵革既未息，儿童尽东征。③

请为父老歌，艰难愧深情。

歌罢仰天叹，四座涕纵横。④

【今译】

群鸡正在乱叫，客人到来时，它们还打斗
  争吃。

把鸡赶到树上，才听见叩门的声音。

父老四五人，因我长时间远行在外，特来
  慰问。

他们手中各携着酒器，倒出了浊酒和清酒。

他们说："不要因酒味薄而推辞——黍田没人
  耕种啊！战事还未停息，儿郎们都到东边
  当兵去了。"

让我为父老们唱歌致意吧：在艰难的日子

里，你们以深情相待，我实在受之有愧啊！

唱罢我仰天长叹，大家都泪水纵横。

【注释】

①"群鸡"四句　柴荆：犹言"柴门"。　四句写邻人过访。

②"父老"四句　问：存问，慰问。　榼(kē 瞌)：酒器。倾榼，斟酒。　浊复清：浊酒和清酒。　四句写邻人携酒存问。

③"莫辞"四句　莫辞：不要推辞。　兵革：代指战事。　儿童：长辈对年轻人的称呼，犹言"孩子"。　四句述父老语。

④"请为"四句　艰难：即指上文所述之事。　四座：所有在座的人。　四句写对父老的谢意及对战乱的感慨。

彭衙行

　　天宝十五年(756)六月,叛军攻下潼关以后,杜甫携眷自白水县避难北走,途经彭衙,沿路艰苦备尝,狼狈之极;到达同家洼,受到友人孙宰的盛情接待。至德二年(757)闰八月,作者由凤翔赴鄜州,途中忆起去年情景,便写了这首诗寄给孙宰,向他表达热切的谢忱。本诗形象地描绘出一幅战乱流亡图,有极强的感染力。彭衙,本汉彭衙县故地,在今陕西省白水县东北六十里的彭衙堡。

忆昔避贼初,北走经险艰。

夜深彭衙道,月照白水山。①

尽室久徒步,逢人多厚颜。

参差谷鸟吟,不见游子还。②

痴女饥咬我,啼畏虎狼闻。

怀中掩其口,反侧声愈嗔。

小儿强解事,故索苦李餐。③

一旬半雷雨,泥泞相攀牵。

既无御雨备,径滑衣又寒。④

有时经契阔,竟日数里间。

野果充糇粮,卑枝成屋椽。⑤

中华聚珍文学丛书——杜甫诗今译

早行石上水,暮宿天边烟。

小留同家洼,欲出芦子关。⑥

故人有孙宰,高义薄曾云。

延客已曛黑,张灯启重门。⑦

暖汤濯我足,剪纸招我魂。⑧

从此出妻孥,相视涕阑干。

众雏烂熳睡,唤起沾盘飧。⑨

誓将与夫子,永结为弟昆。⑩

遂空所坐堂,安居奉我欢。

谁肯艰难际,豁达露心肝?⑪

别来岁月周,胡羯仍构患。

何当有翅翎,飞去堕尔前!⑫

【今译】

回想往日初避贼逃难的时候,一家人历尽艰
    险北行。

彭衙道上,夜色深沉,月光照在白水山上。

一家人经过长时间步行,十分狼狈困顿,碰到
    人更是羞惭满面。

只听见山谷中鸟儿参差错落地鸣叫,看不到

过路旅客的往还。

娇痴的女儿饿得要咬我，听到虎狼的叫啸又
　　害怕得哭起来了。

我把她搂在怀中，掩住她的嘴，她反侧挣扎，
　　哭得愈加厉害。

小儿自作聪明，硬要索食苦涩的李子。

十日里有五日打雷下雨，道路泥泞，大家互相
　　牵扶着赶路。

既没有雨具，又路滑衣单，寒冻难受。

有时路途特别艰阻难行，从早到晚还走不到
　　几里路。

我们只好把野果充作干粮，晚上睡在树下，低
　　枝便当成屋椽了。

早晨，踏着沙石涉水而行，晚上露宿在茫茫无
　　际的荒野上。

我们在同家洼逗留了一些时候，打算北出芦
　　子关继续前进。

我这位老朋友孙宰，真是高义凌云。

把我们请进屋里时天已昏黑，他把灯点亮，把
　　一层层的门打开。

他叫家人烧热水让我们洗脚，剪纸为我们
　招魂。

这时我们才彼此使妻儿相见，两家人相看不
　禁泪水纵横。

不久，孩子们都睡熟了，我唤起他们吃饭菜。

朋友说："誓要与先生永远结为弟兄。"

于是他空出所坐的厅堂，使我们欢乐地安住
　下来。

谁能像孙宰那样，在艰难之际胸怀豁达，把真
　心掏给朋友？

别来有一年了，安史之祸仍未消除。

怎样才能长上翅膀，飞落在朋友的跟前啊！

【注释】

　① "忆昔"四句　白水山：在今陕西省白水县境。　四句点
题，领起全篇。

　② "尽室"四句　尽室：举家。　厚颜：即"颜厚"，谓羞惭。
《尚书·五子之歌》："颜厚有忸怩。"孔安国传："颜厚，色愧。"　参
差(cī疵)：指鸟儿鸣声错杂。　游子还：旅人往还。　前二句写
途中困顿狼狈，后二句写路途荒凉冷落。

　③ "痴女"六句　嗔：对人不满，生人家的气。　强解事：不
懂事而自以为懂事。儿子大些，知道没有饭吃，自以为懂事，体谅
父母，故要讨路旁的苦李来吃，语意饱含悲辛。　六句写孩子饥饿

恐惧之状。

④"一旬"四句　御雨备:指雨具。备,设备。　衣又寒:又衣单受寒。　四句写沿途雷雨侵袭的苦况。

⑤"有时"四句　契阔:原义劳苦,此指路途特别难行。　糇粮:干粮。　卑枝成屋椽:意谓把树当成屋子,在树下栖宿。　四句写途中食、宿、行三方面的困苦。

⑥"早行"四句　石上水:流经岩石沙砾间的溪涧。　天边烟:旷野之景,代指茫然无际的旷野。　小留:少留,稍留。　同家注:地名。孙宰居地,当在彭衙、鄜州间。　芦子关:在今陕西省延安市安塞区西北,离彭衙很远,是北通灵武的要道。　前二句仍写旅途跋涉,后二句写暂住之地和欲往之处。

以上二十六句为一段,回想当日彭衙道上的狼狈艰辛。"小留"句,引出下面一段。

⑦"故人"四句　故人:老朋友。　孙宰:孙姓,曾当过县令之类的官,因尊称为"宰"。或谓"宰"为人名。　薄曾云:上接云天。极言其义之高。薄,逼近。曾,同"层"。　延:请。　曛:同"昏"。　重门:一层层的门。

⑧"暖汤"二句　汤:热水。　剪纸招魂:古人有剪白纸为旒,贴于门外,替行人招魂压惊的习俗。

⑨"从此"四句　出妻孥:使妻儿出来相见。妻孥,妻子和孩子。古人妻子居于内室,一般不出来会客,只对极好的朋友,才"出妻孥"相见。　阑干:纵横貌。　众雏:指孩子们。　烂熳:熟睡貌。　沾:分得,吃。　盘飧(sūn孙):盛在碗盘中的晚饭。

⑩"誓将"二句　夫子:孙宰对杜甫的尊称。　弟昆:弟兄。　两句述孙宰语。誓结为弟兄之交,可见二人肝胆相照。

⑪"遂空"四句　豁达:心怀坦白,待人真率。

以上十六句为一段,回忆当日朋友盛情接待。

⑫"别来"四句　岁月周:从去年六月至今,别后一年有

余。 "胡羯(jié 竭)"句：至德二年正月,安庆绪杀禄山自立,继续
反唐为患。 何当：怎能。 翅翎：翅膀。 尔：你,指孙宰。
四句为一段,写对朋友的想念,并因不能相见而表示遗憾。

义 鹘 行

　　作者自言,曾经瀱水岸边,樵夫给他讲述了一个鹘杀白蛇、为苍鹰报仇雪恨的故事。他有感于鹘之义,便写下了这首诗。本诗寓意于鸟,由鸟及人,赞颂了义士勇于助人的高尚品质。

阴崖二苍鹰,养子黑柏巅。

白蛇登其巢,吞噬恣朝餐。①

雄飞远求食,雌者鸣辛酸。

力强不可制,黄口无半存。②

其父从西归,翻身入长烟。

斯须领健鹘,痛愤寄所宣。③

斗上捩孤影,嗷哮来九天。

修鳞脱远枝,巨颡拆老拳。④

高空得蹭蹬,短草辞蜿蜒。

折尾能一掉,饱肠皆已穿。

生虽灭众雏,死亦垂千年。⑤

物情有报复,快意贵目前。

兹实鸷鸟最,急难心炯然。⑥

功成失所往,用舍何其贤!⑦
近经潇水湄,此事樵夫传。
飘萧觉素发,凛欲冲儒冠。⑧
人生许与分,亦在顾盼间。
聊为义鹘行,用激壮士肝。⑨

【今译】

阴崖上有两只苍鹰,在黑柏树顶上养育幼子。

白蛇爬上鹰巢,把幼鹰当作早餐恣意吞噬。

雄鹰飞到远处寻食去了,雌鹰辛酸地哀叫。

白蛇凶恶力强不可阻挡,幼鹰没有一半存活
下来。

它们的父亲从西边归来,翻身飞入云雾里。

一会儿领来了健鹘,向他诉说自己的痛愤。

那鹘陡然直上云霄,又陡然翻转身体,厉声长
鸣,从高空俯冲直下。

白蛇从高高的树上掉下,巨额被鹘强有力的
翅膀击裂了。

它从高空翻跌下来,再也不能在短草间行动。

折断的尾巴还能甩动一下,饱肠已尽被啄穿。

它生前虽吞食了小鹰，死后却留下了恶名，世
　　世代代为人们所鄙弃！

事物常情是干坏事自然要遭到报复，难得这
　　么快就遂了心愿。

这鹖是猛禽中的佼佼者，它急人之难，心地多
　　么光明磊落啊！

功成之后它就消失得无影无踪，一来一去都
　　显得不同寻常。

我近日经过潏水岸边，这件事是樵夫告诉
　　我的。

我听了不由得肃然起敬，只觉得稀疏的白发
　　直冲帽子。

人生互相许诺的情分，有的也在顾盼之间就
　　表现出来。

我姑且写下这篇《义鹘行》，用来激励壮士们
　　的心。

【注释】

　　① "阴崖"四句　阴崖：阳光照不到的山崖。　巅：顶。
恣：恣意，尽情。　四句是故事的开端，写白蛇吞噬幼鹰。
　　② "雄飞"四句　黄口：指雏鸟。此指小鹰。　四句是故事的

发展。

③"其父"四句　其父：指雄鹰。　长烟：指大片的云雾。斯须：一会儿。　鹘（hú 胡）：猛禽之一种。　所宣：指雄鹰向鹘宣说的悲愤。　四句仍是故事的发展。

以上十二句为一段。

④"斗上"四句　斗上：陡然而上。斗，同"陡"。　捩（liè劣）：翻转。　孤影：指鹘。　嗷（jiào 叫）哮：大声呼叫。　九天：九重天。指高空。　修鳞：指蛇身。蛇有鳞而长，故云。修，长。　巨颡（sǎng 嗓）：指巨大的蛇头。　拆：裂。　老拳：指鹰强有力的翅膀。　四句是故事的高潮，写鹘击白蛇。

⑤"高空"六句　蹭蹬（dèng 凳）：挫跌。　辞蜿蜒：不能再蜿蜒。蜿蜒，蛇弯曲行进貌。　掉：甩动。　垂千年：垂鉴于后世。意谓这故事可为鉴戒，流传千载。　六句是故事的结局。

⑥"物情"四句　物情：事物的情理。　目前：马上。　快意：谓遂了心愿，心满意足。　兹：此，指示代词。指鹘。　鸷鸟最：猛禽之最。鸷（zhì 至），猛禽。　急难（去声）：急人之难，他人有难就急于相救。《诗·小雅·常棣》："兄弟急难。"　炯然：光明貌。

⑦"功成"二句　用舍：进退，来去。《论语·述而》："用之则行，舍之则藏。"此指鹘功成身退，不居功图报。

以上十六句为一段。

⑧"近经"四句　潏（yù 郁）水：在杜陵附近。　湄：水边。飘萧：稀疏貌。　素发：白发。　凛：凛然。此谓凛然起敬。

⑨"人生"四句　许与：许诺。　分（去声）：情分。　顾盼间：极言时间之短。　肝：犹言"心肝"。代指思想感情。

以上八句为一段。

赠卫八处士

　　乾元元年(758)，杜甫因上疏救房琯，被贬为华州司曹参军。这年冬，诗人赴洛阳，次年春由洛阳回华州住所，途中往探一别廿载的老朋友卫八。　处士：隐居不仕的读书人。卫八处士，名籍不详。或谓指卫宾。"八"是兄弟排行次第。

　　这首诗生动地记叙了两人久别重聚的情景，表现了朋友间真率诚挚的感情，是杜集中为人喜爱的名篇。

人生不相见，动如参与商。

今夕复何夕，共此灯烛光。①

少壮能几时，鬓发各已苍。

访旧半为鬼，惊呼热中肠。

焉知二十载，重上君子堂。②

昔别君未婚，男女忽成行。

怡然敬父执，③问我来何方。

问答未及已，驱儿罗酒浆。④

夜雨剪春韭，新炊间黄粱。⑤

主称会面难，一举累十觞。⑥

十觞亦不醉，感子故意长。⑦

明日隔山岳，⑧世事两茫茫。

中华聚珍文学丛书——杜甫诗今译

【今译】

人生经常是别离后难得相聚，动不动就像参
　　星和商星一样天各一方。

今晚又是什么时候？我们共对这灯烛光。

少壮的日子能有多少？我们都已白发苍苍。

寻访故旧，他们半已成鬼，我禁不住要惊呼
　　感叹。

怎知分别二十年，还能又一次来到你的厅堂。

昔日分别之时，你还没有成婚，一下子就儿女
　　成行。

他们对父亲的朋友和悦恭敬，还问我来自
　　何方。

一问一答还没有完，你就差儿女摆出酒来。

你冒着夜雨剪取春韭，刚烧好的米饭掺和着
　　小米。

你说见面实在艰难，一口气敬我酒十觞。

喝了十觞我也不醉，感谢你念旧的情意深长。

明天水远山长，我们又分隔异地，世事茫茫，
　　不知何日相见。

【注释】

①"人生"四句　动：动辄，动不动。　参与商：参星和商星。两星东西相对，相距约一百八十度，此升彼沉，不在地平线上同时出现。　今夕何夕：亦为表欣喜的惯用语。《诗·唐风·绸缪》："今夕何夕，见此良人。"

②"少壮"六句　苍：灰白色。　"惊呼"句：写见面时的惊喜。　君子堂：王粲《公宴诗》："高会君子堂。"

③怡然：和悦、愉快貌。　父执：父亲的好朋友。

④驱儿：差遣儿女。　罗：陈设。

⑤黄粱：小米。

⑥累：接连。　觞（shāng 伤）：古代酒器，用以喝酒。

⑦故意：故人念旧的情意。

⑧隔山岳：为山岳阻隔。山岳，当指西岳华山。

新　安　吏

题下原注："收京后作。虽收两京，贼犹充斥。"

至德二年(757)冬，李俶(肃宗长子)、郭子仪、李光弼、王思礼收复两京，形势大有转机。乾元元年(758)冬，郭子仪等九个节度使率兵二十万围安庆绪于邺城。次年春，史思明派援军至，唐军终因指挥混乱溃败。郭子仪等退守河阳，局势复趋紧张。为应战事之急，官府四出抽丁，百姓苦不堪言。这时杜甫正好从洛阳回华州住所，沿途见差吏如狼似虎，民不聊生，到处都是纷乱凄惨的景象，便有感而写下了《新安吏》《潼关吏》《石壕吏》《新婚别》《垂老别》《无家别》六篇。六篇为一个组诗，世称"三吏""三别"。

本篇写征夫诀别的悲痛。新安，今河南省新安县。

客行新安道，喧呼闻点兵。①
借问新安吏，县小更无丁？
府帖昨夜下，次选中男行。
中男绝短小，何以守王城？②
肥男有母送，瘦男独伶俜。③
白水暮东流，青山犹哭声。
莫自使眼枯，收汝泪纵横。
眼枯即见骨，天地终无情！
我军取相州，④日夕望其平。

岂意贼难料,归军星散营。⑤

就粮近故垒,练卒依旧京。⑥

掘壕不到水,牧马役亦轻。

况乃王师顺,抚养甚分明。

送行勿泣血,仆射如父兄。⑦

【今译】

我途经新安道上,听见征兵的嘈杂声。

"借问新安的差吏,这小小的县中,恐怕再没
　　有适龄的壮丁吧?"

"府里昨晚发下了征兵文书,次一等的中男也
　　要挑选出征。"

"中男十分矮小,怎能让他们去守卫王城?"

肥壮的男丁还有母亲相送,瘦弱的男丁只有
　　孤苦伶仃一个人。

白水在暮色中向东流去,哭声还回荡在荒山
　　野岭上。

请收住你们纵横的泪水,别哭干你们的眼睛。

眼睛干枯就露出骨头,人世终究是那样无情!

我军正把邺城攻取,希望早晚就可以把守敌

铲平。

怎想到贼军难以预料,我军战败归来,军营散
乱不堪。

你们在旧营附近补给军粮,练兵就靠着东京。

战壕用不着挖得很深,牧马的差役也很轻。

况且王师顺应天理,对士兵的抚爱十分周到。

送行别哭得那么凄惨,仆射对待士兵就像父
兄对待子弟一样。

【注释】

① "客行"二句　客行:旅途经过。　点兵:征集兵丁。
② "府帖"四句　帖:军帖,征兵文书。　中男:据《旧唐书·
食货志上》:唐高祖武德七年(624)定男女始生为黄,四岁为小,十六
为中,二十一为丁,六十为老。到天宝三年(744)又改制:以十八以
上为中男,二十三以上为丁。　绝短小:极矮小。　王城:指洛阳。
③ 伶俜(pīng乒):孤独貌。
④ 相州:即邺城。
⑤ 星散营:军营零落散乱。
⑥ "就粮"二句　就粮:就食。　故垒:旧营。　旧京,指东
京洛阳。
⑦ "况乃"四句　王师顺:意谓官军顺乎天理,出师有名。
甚分明:意说不会随随便便。　泣血:眼睛哭出血来,喻极其悲
痛。　仆射(yè夜):指郭子仪。他在至德二年(757)五月为左
仆射。

潼　关　吏

　　石壕西行，便是潼关，它是扼守长安的战略要地。邺城败后，洛阳紧急，长安也有再度陷贼的危险。为备万一，唐军又在潼关大筑工事。

　　一天，作者路经此地，只见筑城关道，上下忙碌，便与督役攀谈起来。他希望守将能吸取潼关惨败、丧师廿万的沉痛教训，依险坚守，切勿轻举妄动。

士卒何草草，筑城潼关道。

大城铁不如，小城万丈余。①

借问潼关吏，修关还备胡？

要我下马行，为我指山隅。②

连云列战格，飞鸟不能逾。

胡来但自守，岂复忧西都？③

丈人视要处，窄狭容单车。④

艰难奋长戟，万古用一夫。⑤

哀哉桃林战，百万化为鱼。⑥

请嘱防关将，慎勿学哥舒！

中华聚珍文学丛书—杜甫诗今译

【今译】

士卒多么劳苦啊！他们筑城在潼关道。

大城修得比铁还要坚固，小城筑起万丈城墙。

我询问潼关的差吏："你们修筑工事，是不是
还要防备胡兵？"

潼关的差吏邀我下马同行，为我指点着山边
说起来。

战栅排列与云相接，连鸟儿也不能飞越。

胡兵到来的时候，只要把关自守就行，哪还用
得着担心长安的安危。

你老人家看那险要之处，狭窄得仅容一辆车
子经过。

遇到紧急关头挥动枪戟扼守，永远是一夫当
关就足够了。

桃林之战实在可悲，百万战士已化为水中之鱼。

请提醒守关将领，切勿学那个哥舒翰！

【注释】

① "士卒"四句　草草：劳苦貌。《诗·小雅·巷伯》："劳人草

草。" 铁不如：形容铁也比不上城坚固。 万丈余：言其高耸,极写潼关之险。

②"要我"二句 要(平声)：同"邀"。 山隅：山岩凸出处。

③"连云"四句 连云：形容潼关地势高可连接云天。 战格：用以防御的栅栏。 但自：犹言"只要""只须"。 西都：指西京长安。

④"丈人"二句 丈人：对长者的尊称。 要处：险要的地方。 单车：一辆车子。

⑤"艰难"二句 艰难,严重的时刻,紧急的关头。 万古：自古以来。此用晋张载《剑阁铭》"一夫荷戟,万夫趑趄"语意。

⑥"哀哉"二句 桃林战：灵宝县以西至潼关一带称桃林塞。天宝十五年(756)六月,潼关守将哥舒翰出关迎敌于此。详见《北征》注。 化为鱼：谓溺死。《后汉书·光武帝纪》："决水灌之,百万之众,可使为鱼。"

石 壕 吏

在暮色苍茫之时，作者途经石壕，向农家借宿。他目睹一幕官差夜中拉伕的惨剧，听到老妇悲愤的哭诉：

暮投石壕村，[1]有吏夜捉人。

老翁逾墙走，老妇出看门。

吏呼一何怒，[2]妇啼一何苦！

听妇前致词："三男邺城戍。

一男附书至，[3]二男新战死。

存者且偷生，死者长已矣！

室中更无人，惟有乳下孙。

有孙母未去，出入无完裙。

老妪力虽衰，请从吏夜归。

急应河阳役，犹得备晨炊。[4]"

夜久语声绝，如闻泣幽咽。[5]

天明登前途，独与老翁别。[6]

【今译】

　　在暮色苍茫之时，我投宿石壕村，看见有官差夜里拉伕。

老头越墙逃走，老妇出去看望着门口。

官差呼喝得多么凶恶，老妇啼哭得多么凄苦！

听见老妇走上前去把话讲：三个儿子都在围
　　攻邺城的队伍里服役。

一个儿子捎信回家，说两个儿子刚刚战死。

活着的姑且勉强活下去，死了的就永远完了！

家中再没有别的人了，只有吃奶的孙子。

因为有个孙子，所以媳妇没有离家——她出
　　入没有一条完好的裙子。

我虽然没有多少气力，还是请让我跟你连夜
　　回军营。

赶紧到河阳去服役，我还可以为战士准备早
　　饭呢！

深夜说话声没有了，好像还听到低微的悲泣。

天亮我踏上征途的时候，只跟老头一人告别。

【注释】

①　投：投宿。　石壕村：在陕州陕县（今河南省陕县东七
十里）。

②　一何：多么。一，语助词。

③附书至：捎信回家。

④"老妪"四句　老妪(yù 遇)：老妇人。老妇自称。　河阳：即孟津,是当时激战之地,在河南省孟州市。　备：供。　晨炊：早饭。

⑤泣幽咽：吞声而哭。

⑥前途：前路,征途。

新　婚　别

　　这是一个新婚女子对征夫的临别之言。结婚第二天,她丈夫就被征赴河阳戍守。她先是埋怨,后悔,转而勉励丈夫"勿为新婚念,努力事戎行",最后向丈夫表示自己的忠贞,并希望夫妻永不相忘。

　　兔丝附蓬麻,引蔓故不长。①

　　嫁女与征夫,不如弃路旁。

　　结发为妻子,席不暖君床。

　　暮婚晨告别,无乃太匆忙。②

　　君行虽不远,守边赴河阳。

　　妾身未分明,何以拜姑嫜。③

　　父母养我时,日夜令我藏。

　　生女有所归,鸡狗亦得将。④

　　君今往死地,沉痛迫中肠。

　　誓欲随君去,形势反苍黄。⑤

　　勿为新婚念,努力事戎行。⑥

　　妇人在军中,兵气恐不扬。

　　自嗟贫家女,久致罗襦裳。⑦

罗襦不复施,⑧对君洗红妆。

仰视百鸟飞,大小必双翔。

人事多错迕,与君永相望。⑨

【今译】

菟丝子缠绕在蓬麻上,所以藤蔓不能长长地
　　延伸。

把闺女嫁给当兵的去打仗,不如把她遗弃在
　　路旁。

我结发做你的妻子,还未把你的床席睡暖。

昨夜成婚,今晨就告别,似这样难免太过
　　匆忙!

你出行虽不算远,但要到河阳去守边。

我的身份还不明确,叫我如何把公婆拜见?

爸妈养育我的时候,日日夜夜把我藏在家里。

生女终归要出嫁,是鸡是狗也得跟着他。

你如今要往死亡的路上走去,巨大的痛苦煎
　　熬着我,肝肠欲断。

我誓死要跟随着你一块前往,事情反而会弄
　　得很难办。

你不要因为新婚就撇不下，要努力操练好杀
　　敌的本领。

要知道妇人在军中，恐怕会影响士气吧！

自叹我这个贫家女，到今天才有了件绸衣裳。

从今以后，我就不再穿它了，还要当着你的面
　　把脂粉洗光。

抬头看百鸟飞翔，大的小的都成对成双。

世间人事多不如意，你我要永远互相想念啊！

【注释】

①"兔丝"二句　兔丝：即菟丝子。蔓生植物，附在别的植物
上生长。古人用以比喻出嫁女子。《古诗十九首》："与君为新婚，
菟丝附女萝。"　蓬麻：植物名。附蓬麻，喻没嫁个好丈夫，得不到
好依靠。　引蔓：藤蔓延伸。

②"结发"四句　结发：上古女子年十五许嫁时结发加笄（行
笄礼）。　无乃：难道不是。

③"妾身"二句　未分明：古礼，女嫁三天之后，告庙上坟，谓
之成婚；婚礼既明，然后得称姑嫜。　姑嫜（zhāng 章）：丈夫的父
母，即公婆。

④"日夜"三句　令我藏：古时女子要守"妇道"，父母让深居
在闺房中不能随便外出活动。藏，不外出。　归：出嫁。　亦得
将：也得跟随。即俗语所谓"嫁鸡随鸡，嫁狗随狗"之意。

⑤苍黄：同"仓皇"，变化不定。

⑥事戎行：参加军队，做好工作。

⑦ 致：使到来。　罗襦裳：丝制的轻软短衣。

⑧ "罗襦"句　施：加于……之上，穿在身上。

⑨ "人事"二句　错迕(wǔ 午)：不如意，不顺心。　相望：互相想念。

垂　老　别

　　这是一个垂老征夫的自述。他的子孙都已阵亡,现在又轮到他上前线了。老妻临路哭送,同行为之辛酸。他心情激奋,又自我宽解。但当想到"此去必不归",马上就要"弃绝蓬室居"时,不禁痛苦得肝肺崩裂。

四郊未宁静,垂老不得安。

子孙阵亡尽,焉用身独完!①

投杖出门去,同行为辛酸。

幸有牙齿存,所悲骨髓干。

男儿既介胄,长揖别上官。②

老妻卧路啼,岁暮衣裳单。

孰知是死别,且复伤其寒。

此去必不归,还闻劝加餐。③

土门壁甚坚,杏园度亦难。

势异邺城下,纵死时犹宽。④

人生有离合,岂择衰盛端?⑤

忆昔少壮日,迟回竟长叹。⑥

万国尽征戍,烽火被冈峦。⑦

积尸草木腥,流血川原丹。

何乡为乐土,安敢尚盘桓?

弃绝蓬室居,塌然摧肺肝。⑧

【今译】

京城周围乱事还未平息,我在垂老之年也不
　　得安宁。

儿子孙子悉数阵亡,我为何还要苟且偷生?

丢掉拐杖我出门离去,同行都为我深感辛酸。

幸而牙齿还没有脱尽,所悲的是骨髓早就
　　枯干。

男儿既已穿上战袍,那就让我向各位大人行
　　礼告别吧!

老妻睡在路边啼哭,年底寒冬还穿着单薄的
　　衣裳。

深知这是生离死别,暂且还为她衣单挨冻而
　　伤感。

这次离去一定不能回来,还听见她劝我努力
　　加餐。

土门关城墙很坚固,敌人要从杏园渡河也很

困难。

这回形势与邺城败退时不相同,纵使难免一死,也还可以再活一些时候。

人生总有悲欢离合,哪能选择在老年还是在壮年。

回想少壮时升平岁月,禁不住徘徊长叹起来。

天下到处都在征战,烽火燃遍各个山头。

原野上尸骸层叠草木腥臭,鲜血染红大地。

哪里是人间乐土? 我怎敢还留恋不行?

丢弃简陋的茅屋从此永别,颓然痛苦得肝肺崩裂!

【注释】

①"四郊"四句 郊:王城之外周围四十里为近郊,百里为远郊。 焉用:哪用,为什么要。 完:完好。指生存下来。 四句为一段,写垂老别家的原因。

②"投杖"六句 投杖:抛弃手杖。 骨髓干:形容精力枯竭。 介胄:介,甲,古代军人穿的护身衣。胄,头盔,古代军人作战时戴的帽子。 长揖:拱手自上至最下行礼。古时介胄之士长揖不拜。 上官:属吏对长官的称呼。此为老人对地方官吏的敬称。 六句为一段,写出门悲慨而行。

③"老妻"六句 孰:疑问代词,谁。 伤:怜悯。写老翁怜爱老妇。 加餐:多吃些饭。《古诗十九首》:"弃捐勿复道,努力加

餐饭。" 六句为一段,写夫妻诀别之情。

④"土门"四句　土门:土门关。当在河阳附近。　杏园:杏园渡。是黄河靠近杏园的渡口。　势异:谓这次是防守,与邺城之战攻城情势不同。

⑤ 衰盛:指老年和壮年。

⑥ 迟回:徘徊不前。

以上八句为一段,是老人的自我宽慰。

⑦"万国"二句　万国:各处。国,区域,地区。　烽火:见《春望》注。被:覆盖,遮蔽。

⑧"何乡"四句　乐土:《诗·魏风·硕鼠》:"适彼乐土。"乐土,指太平安乐之地。　盘桓:留恋不进。　塌然:颓然。形容肺肝摧绝之状。　八句为一段,写战争带来的灾难。

无 家 别

　　一个败阵归来的征夫,见里巷一空,园庐荡尽,不胜酸楚。他想独个儿重理旧业,没料到县吏又征调他到州上服役。这一次他孑然一身,无家可别,只得怀着满腔的悲愤踏上新的征程。

寂寞天宝后,园庐但蒿藜。

我里百余家,世乱各东西。①

存者无消息,死者为尘泥。

贱子因阵败,②归来寻旧蹊。③

久行见空巷,日瘦气惨凄。④

但对狐与狸,竖毛怒我啼。

四邻何所有?一二老寡妻。

宿鸟恋本枝,安辞且穷栖。⑤

方春独荷锄,日暮还灌畦。⑥

县吏知我至,召令习鼓鼙。⑦

虽从本州役,内顾无所携。

近行止一身,远去终转迷。⑧

家乡既荡尽,远近理亦齐。⑨

永痛长病母,五年委沟溪。⑩

生我不得力,终身两酸嘶。

人生无家别,何以为蒸黎!⑪

【今译】

冷清的天宝安史乱后,田舍长满丛生的野草。

我乡里百余户人家,逢乱世都各自东逃西散。

活着的再也没有消息,死去的就化作尘泥。

我因邺城打了败仗,寻着老路才逃了回来。

走了许久,见到一条空巷,日光黯淡,气象凄
　凄惨惨。

我只与狐狸相对,它们竖起毛来向我怒啼。

左邻右里还有什么人? 只有一两个年老的
　寡妇。

夜间栖宿的鸟儿,还依恋着原来的树枝,我又
　怎忍心辞别故乡,虽穷困也要住下去。

我要趁着春天独个儿荷锄整地,入暮还得挑
　水灌畦。

县吏知道我回来,召令我参加军事训练。

虽是在本州当兵服役,但家里已没有什么人
　可告别了。

往近处走孑然一身，远去又前途未卜结果
　　难料。

家乡已一无所有，去近去远本质还是一样。

想起长年卧病的母亲，悲痛无尽。五年卧床
　　不起，已埋在山沟。

她生了个没本事的儿子，母子俩贫困伤心，抱
　　恨终生。

人的一生弄到无家可别，做百姓的还能有生
　　路吗？

【注释】

①"寂寞"四句　天宝后：指天宝十四年(755)，安史乱起。
园庐：田园、屋舍。　但：只。　蒿藜：艾蒿和藜藿。野草名。

②贱子：征夫谦称。　阵败：指邺城之败。

③旧蹊：旧路。此指故居旧里的路。

以上八句为一段，言战败归来，园庐荡尽。

④日瘦：日色昏暗无光。

⑤安辞：怎能辞去。安，疑问代词。怎，哪。　且穷栖：姑且
勉强地生活下去。

⑥灌畦(qí 旗)：浇水灌菜园。

⑦鼓鼙：战鼓。大者为鼓，小者为鼙。

以上十二句为一段，极写故里荒凉之状及才归又役之苦。

⑧"内顾"三句　顾：回视。　携：离，分别。　迷：迷惑，不
清楚。

⑨ 理亦齐:本质也是一样。

⑩ 沟溪:溪谷。指野死之处。委沟溪,尸骨委弃于山沟,意谓死而不得安葬。

⑪ 蒸黎:众人。蒸,众;黎,平民。

以上十二句为一段,写无家可别的悲痛。

佳　人

　　本篇乾元二年(759)秋在秦州作。诗中写了一个弃妇的不幸与痛苦。她感到人世是那样恶浊,宁愿隐居山中,度着寂寞清贫的日子,也要保持自己的坚贞与高洁。这首诗寄寓了作者不遇之感。

绝代有佳人,幽居在空谷。①
自云良家子,零落依草木。
关中昔丧乱,②兄弟遭杀戮。
官高何足论,不得收骨肉。
世情恶衰歇,③万事随转烛。
夫婿轻薄儿,新人美如玉。
合昏尚知时,鸳鸯不独宿。④
但见新人笑,那闻旧人哭?
在山泉水清,出山泉水浊。⑤
侍婢卖珠回,牵萝补茅屋。
摘花不插发,采柏动盈掬。⑥
天寒翠袖薄,日暮倚修竹。

中华聚珍文学丛书——杜甫诗今译

【今译】

有一个绝世美人,寂寞地隐居在空谷之中。

她说自己本是良家女子,如今飘零破落,只得
　　寄身于荒山草野。

昔日官军在关中遭到失败,我的兄弟也惨遭
　　杀戮。

他身为高官又有什么用,到头来连尸骨也收
　　拾不到。

一旦衰歇便招人厌恶,那是人情世俗。

万事真如烛焰随风摆动,反复无常!

丈夫是个轻薄的少年,新娶的人又美丽得像
　　白玉。

合欢花还懂得依时开合,鸳鸯从不独个儿
　　栖宿;

他只看见新人欢笑,怎听见旧人啼哭?

在山中泉水才能保持清澈,出山便会变得
　　混浊。

侍婢卖珠归来,牵过藤萝修补茅屋。

摘来野花不插在发上,采下柏叶动辄满把。

天冷了，她衣衫单薄；入夜了，她还倚着修竹……

【注释】

① "绝代"四句　绝代：绝世，举世无双。指其美貌。李延年《北方有佳人歌》："北方有佳人，绝世而独立。"语意本此。

② 关中：当时潼关以西地方的统称。

③ 衰歇：衰败，止歇。

④ "合婚"二句　合昏：又名合欢，即夜合。其花晨舒昏合，故名。　鸳鸯：水鸟名。据云雌雄成对，形影不离。

⑤ "在山"二句　谓"佳人"守贞则清，改节即浊，故甘愿长居山中，保持操守。

⑥ "摘花"二句　萝：藤萝。　摘花：意谓无心修饰。　采柏：以柏象征坚贞的操守。　盈掬：满把。

中华聚珍文学丛书——杜甫诗今译

梦李白二首

这两首诗与《天末怀李白》同时作。李白已在乾元二年(759)春夏间遇赦放还，但杜甫还未听到这消息，故忧思成梦，醒后有诗。

一

死别已吞声，生别常恻恻。

江南瘴疠地，逐客无消息。①

故人入我梦，明我长相忆。

君今在罗网，何以有羽翼？

恐非平生魂，路远不可测。②

魂来枫林青，魂返关塞黑。

落月满屋梁，犹疑照颜色。

水深波浪阔，无使蛟龙得。③

【今译】

死别，就自然无话可说了；生离，却使人常常
悲恻。

江南是瘴疠流行之地,不知是生是死,你全无消息。

老朋友进入我的梦境,是因为知道我常常在思念你。

你现在身陷罗网,怎么能够有双翅飞来?

恐怕这不是你平时的魂魄,因为路途遥远,是生是死又弄不清楚。

你的魂魄从青青的枫树林那边飘来,又回到沉沉的关塞上。

残月的清光照遍屋梁,还怀疑是梦中看到你的颜容。

长江洞庭湖水深浪阔,你千万别让蛟龙攫取啊!

【注释】

①"死别"四句 恻恻:悲苦愁惨。 江南:长江以南的广大地区,李白流放的浔阳、夜郎亦在其中。 瘴疠:南方潮湿、炎热地区的流行病。 逐客:被放逐的人。指李白。 四句为一段,写致梦缘由,总起全篇。首二句谓李白生死未卜,故生离比死别还要悲苦。

②"故人"六句 明:明白;知道。 平生魂:平时之魂。指生魂。 六句为一段,写与李白梦中相见。

中华聚珍文学丛书——杜甫诗今译

③ "魂来"六句　枫林青：青青的枫树林。江南景物。《楚辞·招魂》："湛湛江水兮，上有枫林，目极千里兮伤春心，魂兮归来哀江南。"　关塞黑：沉沉的关塞。　照屋梁：落月近地平线，故从窗子平射屋梁上。　颜色：指梦中李白的容貌。　六句为一段，写梦后相忆之情。"魂来"二句，设想梦魂往返时沿途的情景。结尾二句，一方面叮嘱朋友路上小心，一方面又暗示他在险恶的政治环境中要善于自处，勿为奸邪所害。

二

浮云终日行，游子久不至。

三夜频梦君，情亲见君意。①

告归常局促，苦道来不易。②

江湖多风波，舟楫恐失坠。

出门搔白首，若负平生志。

冠盖满京华，斯人独憔悴！③

孰云网恢恢？将老身反累。

千秋万岁名，寂寞身后事！④

【今译】

天上的浮云终日来去，远游的你却久不归来。

接连三夜频频梦见你，足见你平日对我情意
　　亲厚。

话别时你显得那样拘谨不安，再三地说来这
　　里不容易。

长江和洞庭湖风急浪高，只担心舟船失事而
　　沉坠。

出门时你搔着白头，好像辜负了平生的志向。

京城里满是达官贵人，唯独你这个人失意！

谁说有"天网恢恢"那种事，你行将老迈，自身
　　反被牵连获罪。

你必定有万代不朽的名声，不过是你寂寞之
　　身死后的事了。

【注释】

　　①"浮云"四句　"浮云"二句：《古诗》："浮云蔽白日，游子不复返。"两语化用此意。　四句为一段，言三夜频梦，点明题意，总领全篇。

　　②"告归"二句　告归：告别回去。　局促：匆促不能久待。　苦道：再三地说。

　　③"冠盖"二句　冠盖：冠冕、车盖，代指达官贵人。　斯人：此人，这人。指李白。　憔悴：失意貌。　二语惊心动魄，为历代所传诵。

　　以上八句为一段，承上写梦境。"江湖"二句，述李白的话。"出门"二句。写李白的神态。

　　④"孰云"四句　网恢恢：《老子》："天网恢恢，疏而不漏。"比

喻天道无所不在而又公平。恢恢,广阔无垠的样子。　将老:时李白五十九岁。　寂寞:指李白晚年的遭遇。　四句为一段,写作者对朋友的深切同情。末二语愤懑悲凉,千古才人,可同声一哭。

有怀台州郑十八司户

　　郑十八，即郑虔，作者之友。长安陷贼时，郑被叛军所掳。安禄山命他做水部郎中，他称病没有就任。两京收复后，他被贬为台州司户参军。至德二年（757），郑被贬时杜甫曾有诗送行，次年又有《春深逐客》诗，乾元二年（759）又写了这一首。当时诗人在秦州，当在弃官之后。诗中一方面对郑的不幸遭遇表示深切的同情，一方面也抒发了自己仕途失意的怨愤。台（tāi 胎）州，治所在浙江临海。

　　天台隔三江，风浪无晨暮。
　　郑公纵得归，老病不识路。①
　　昔如水上鸥，今为置中兔。
　　性命由他人，悲辛但狂顾。②
　　山鬼独一脚，蝮蛇长如树。
　　呼号傍孤城，岁月谁与度！③
　　从来御魑魅，多为才名误。
　　夫子嵇阮流，更被时俗恶。④
　　海隅微小吏，眼暗发垂素。
　　鸠杖近青袍，非供折腰具。⑤
　　平生一杯酒，见我故人遇。

相望无所成，乾坤莽回互。⑥

【今译】

天台山隔着三江，早晚都会有风吹浪打。

郑公纵能回来，也应是老病不识归路。

昔日像水上自由的鸥鸟，今日成了罗网中的
　　兔子。

生命握在别人手中，他满腹悲辛，只有纵意
　　回望。

那里山鬼只有一只脚，蝮蛇像树一样长。

群魔在孤城边终夜呼叫，有谁跟他一起度过
　　这艰危的岁月？

从来被贬到荒远之地的人，多半被自己的才
　　名所误。

先生是嵇康、阮籍一流的人物，就更被时俗所
　　憎恶了。

这位海边卑微的小吏，两眼昏花无光，鬓发斑
　　白垂丝。

手持鸠杖配上青袍，这不是用来为人弯腰逢
　　迎而准备的！

从平生的杯酒往还之中，可见我们的情谊。

现在南北相望，彼此一无成就，只有在莽莽的
天地之间互相思念。

【注释】

①"天台"四句　天台：山名，在台州北。此泛指台州地
区。　三江：三条江。所指说法不一，或谓指长江、浙江、曹娥
江。　四句为一段，哀郑归来无日。

②"昔如"四句　罝(jū疽)：捕兔的网。　狂顾：谓放浪而回
望。　四句谓郑虔失去自由，受制于人。

③"山鬼"四句　山鬼：南朝宋郑缉之《永嘉郡记》："安固县有
山鬼，形体如人而一脚。"　蝮蛇：毒蛇之一。　四句写郑虔所居
环境。

以上八句为一段，想象郑当前的处境：既是自然环境的险恶，
也是政治环境的险恶。作者的关切之情，溢于言表。

④"从来"四句　御魑魅：抵御妖怪。这里指被贬到荒僻之地
与野兽为伍的人。《左传·文公十八年》："投诸四裔，以御魑魅。"
四裔，四方极远之地。　夫子：对男子的敬称。此指郑虔。　嵇
阮：嵇康、阮籍，三国魏文学家，为"竹林七贤"中名士。他们个性狷
介，旷达不羁，不为时所容。嵇康后被司马昭所杀，阮籍亦忧愤
而终。

⑤"海隅"四句　海隅：海边。指台州。台州临东海，故
称。　发垂素：垂白发。与"眼昏"表示年老。　鸠杖：《后汉书·
仪礼志》载，民年七十者授玉杖。端有鸠饰，以示敬老。　青袍：小
官所服。　折腰：弯腰行礼，指屈身为官。陶渊明有不愿为五斗米
折腰的故事。

以上八句为一段：前四句,言其以才名招祸;后四句,叹其屈身小吏。

　　⑥"平生"四句　莽:莽莽,原野广阔,草木丛生貌。　回互:四方回环交互。　四句为一段,写对郑的怀念,点出主题。以景语作结,有"篇终接混茫"之势。

遣　兴（三首选一）

　　本题三首作于乾元二年(759)秋。一天，杜甫乘马经过秦州古战场，见悲风浮云，黄叶飘坠，草缠白骨，满目苍凉，于是感慨无限，写成了这组诗。这里选的是第一首。

　　下马古战场，四顾但茫然。
　　风悲浮云去，黄叶坠我前。
　　朽骨穴蝼蚁，又为蔓草缠。①
　　故老行叹息，今人尚开边。
　　汉虏互胜负，封疆不常全。
　　安得廉颇将，三军同晏眠？②

【今译】

　　我在古战场下马，四望茫然无际，一片荒凉。
　　悲风把白云吹走，黄叶飘坠在我跟前。
　　朽骨成了蝼蚁的巢穴，又被白草缠绕。
　　故老经过这里都叹息不已，现在的人崇尚拓
　　　土开边。

中华聚珍文学丛书——杜甫诗今译

朝廷与外族彼此互有胜负,疆界不能保持完
　整不变。

怎能有像廉颇那样的好将领,使三军都可以
　安眠?

【注释】

　①"下马"六句　六句为一段,写古战场的景色气氛,为下段抒
情作准备。

　②"故老"六句　故老:年长有德之人。　尚:崇尚。　汉:
借指唐。　封:边界。　安得:怎得,怎能有。　廉颇:战国时赵
国良将。　三军晏眠:意谓军力强盛,使敌人不敢来犯。　六句为
一段,写作者的议论和感慨。

兵 车 行

关于本篇的历史背景，一说是进攻南诏，一说是用兵吐蕃。至于哪一说较确当，实则无关紧要。文艺作品往往集中地反映某一社会现象，具有普遍性和典型性，限定它为一某历史事件而作，恐怕未必妥当。

这首诗写送别征人的凄惨场面和征夫的怨诉，深刻地揭露唐帝国长年用兵的恶果，表现人民对统治者穷兵黩武的痛恨和斥责。

车辚辚，马萧萧，行人弓箭各在腰。①

耶娘妻子走相送，尘埃不见咸阳桥。②

牵衣顿足拦道哭，哭声直上干云霄。③

道旁过者问行人，行人但云点行频。

或从十五北防河，便至四十西营田。

去时里正与裹头，归来头白还戍边。④

边庭流血成海水，武皇开边意未已。⑤

君不闻，汉家山东二百州，千村万落生荆杞！

纵有健妇把锄犁，禾生陇亩无东西。⑥

况复秦兵耐苦战，被驱不异犬与鸡。⑦

长者虽有问，役夫敢申恨？

且如今年冬，未休关西卒。

县官急索租，租税从何出？⑧

信知生男恶，反是生女好。

生女犹得嫁比邻，生男埋没随百草。⑨

君不见青海头，古来白骨无人收！

新鬼烦冤旧鬼哭，天阴雨湿声啾啾！⑩

【今译】

战车辚辚地响啊，战马萧萧地叫，出征的人各
　　自把弓箭挂在腰上。

爹娘妻儿走着相送，路上飞扬的尘埃把咸阳
　　桥都遮住了。

送别的人牵扯着征夫的衣衫，拦路顿脚痛哭
　　声直冲云霄。

过路的人问起征夫，征夫只说征召过于频繁。

有些人从十五岁起到黄河以北防守，直到四
　　十岁还在西方边境上屯田；

离家时里长替他们裹头巾，归来时头都白了，
　　还得戍守边疆。

边境流血成海水，汉武帝开拓边疆还是野心

不息。

你没有听说汉朝山东二百州，千村万落都长
　　满了野草？

纵使有健壮的妇女去耕种，地里的庄稼也还
　　是长得乱七八糟。

何况关中的战士能耐苦战，他们更是像鸡狗
　　一样被驱赶去打仗了。

你虽有话要问我，我又怎敢申诉自己的怨恨？

就如今年冬天，关西兵未停止过征召。

县官紧急索取租税，租税从何而出？

要是果真知道生男是一种祸害，还是生女好；

生女还可以嫁给近邻，生男就只有永远埋在
　　荒凉的草地里！

你没见那青海边上，自古以来战死者的白骨
　　都无人收拾！

新近屈死的鬼在诉说着冤苦，旧鬼在哭泣，在
　　天阴雨湿的时候啾啾地哭声不断。

【注释】

① "车辚辚"三句　辚辚：车行声。　萧萧：马叫声。　行

中华聚珍文学丛书—杜甫诗今译

人：行役之人，即征夫。 三句写征夫出发的情景。

②"耶娘"二句 耶：同"爷"。 咸阳桥：在长安城外咸阳县西南十里，横跨渭水。 两句写行者与送者之众。

③干：冲；犯。干云霄，形容哭声悲且大。

以上七句为一段，写咸阳桥附近的送别情景。

④"道旁"六句 道旁过者：道旁经过的人。杜甫自称。 点行：按名册点名征召入伍出征。 或：无定代词。有些人。 北防河：在黄河以北防守。 营田：屯田。古代戍边士兵，平时种田，战时打仗，谓之"屯田"。 去：离开。 里正：里长。"里正"句，表示征人年纪幼小。与上文"十五"呼应。 六句谓朝廷征召频繁。

⑤"边庭"二句 武皇：汉武帝。此借指唐玄宗。玄宗好大喜功，中年时屡开边衅。 开边：用武力开拓边土。 意未已：野心不息。

⑥"君不"四句 汉家：借指唐朝。 山东：指华山以东之地。 二百州：唐潼关以东凡七道二百七十州。此指关中以外的广大地区。 荆杞：荆棘、枸杞，均为野生植物。 无东西：没有行列次序，长势不好。意谓没有好收成。 四句写无休止的战争造成田园荒芜。

⑦"况复"二句 秦兵：关中的兵。即眼前被征调的陕西一带的士兵。 两句谓善战的秦兵受苦尤烈。

以上十四句为一段，写战争给社会造成巨大的破坏，给百姓带来巨大的痛苦。

⑧"长者"六句 长者：征夫对作者的尊称。 役夫：征夫自称。 且如：就像。 关西卒：函谷关以西的士卒。指被征召的秦兵。 六句写眼前之事，是前面写的往事的照应与补充。

⑨"信知"四句 信知：真的知道。 比邻：近邻。 四句写因战争而造成的反常现象。古代重男轻女，男恶女好是反常现象。民谣云："生男慎勿举，生女哺用铺。不见长城下，尸骸相撑拄。"

⑩“君不”四句　青海头：青海边,本属吐谷浑,唐时被吐蕃侵占。唐与吐蕃的战争常在这里进行。

以上十四句为一段,写征夫的怨诉。

高都护骢马行

天宝六年(747),安西副都护高仙芝平少勃律。这一年大食诸部皆降附。天宝八年(749),仙芝入京朝觐。时杜甫正在长安,就高仙芝携来的西域马而作是诗。全诗从骢马着笔,从侧面颂扬了它的主人高仙芝勇武善战的精神,同时也表现杜甫驰骋疆场、为国立功的强烈愿望。

安西都护胡青骢,声价歘然来向东。
此马临阵久无敌,与人一心成大功。①
功成惠养随所致,飘飘远自流沙至。
雄姿未受伏枥恩,猛气犹思战场利。②
腕促蹄高如踏铁,交河几蹴曾冰裂。
五花散作云满身,万里方看汗流血。③
长安壮儿不敢骑,走过掣电倾城知。
青丝络头为君老,何由却出横门道?④

【今译】

安西都护的西域青骢马,带着很高的声价忽
　　然东来长安。

这马久经战阵,勇猛无敌,与主人同心成就伟
　　大的功勋。

功成后得到主人倾心的豢养,追随主人一起
　　去所要去的地方。于是从远方的沙漠飘飘
　　然而来。

雄姿勃发,不愿承受豢养之恩;气势凌厉,还
　　思念着重返战场去赢得胜利。

你腕节粗短,四蹄高厚,踏地如铁,多少次把
　　交河的层冰踩裂!

你五花毛色如云般散布全身,奔驰万里才见
　　流出汗血。

长安的健儿也不敢随便乘骑,你奔驰如掣电,
　　全城皆知。

带上青丝络头老死,非你所愿,怎样才能跨出
　　横门再立功疆场?

【注释】

　　①“安西”四句　青骢:毛色青白相间的马。　与人一心:与
人同心,即领会主人的心意。　成大功:指破少勃律之事。　四句
为一段,写骢马久经战阵,所向无敌,为人立功。

　　②“功成”四句　惠养:《论语·公冶长》:“其养民也惠。”此谓

良好的养护。 流沙：泛指西北沙漠地区。 伏枥（lì 砾）：谓被人畜养。枥，马槽。 四句为一段，写骢马在厩，不忘战伐。

③"腕促"四句 腕促蹄高：《相马经》："马腕欲促，促则健；蹄欲高，高耐险峻。" 如踏铁：形容马蹄坚硬。踏（bó 薄），踏。曾：同"层"。 五花：马的毛色。 汗流血：汉西域大宛产天马，一名汗血马。据云汗从前肩髆小孔流出，颜色如血。 四句为一段，写骢马超群的形象和精力。

④"长安"四句 掣（chè 彻）：闪电。形容奔驰迅捷。 君：指骢马。 何由：怎能。 横门：长安城北出西头第一道门叫"横门"。自横门渡渭水向西，便是通往西域的路。 四句为一段，以感慨作结，与"雄姿"二句呼应，用"老骥伏枥，志在千里"意。

丽 人 行

本篇写于天宝十二年(753)春。

杨贵妃的三个姐姐分别被玄宗封为韩国夫人、虢国夫人和秦国夫人。天宝十一年(752),杨国忠通过裙带关系,爬上了右丞相兼吏部尚书的高位。杨氏兄妹可谓"并承恩泽,势倾天下"了。史载:"玄宗每年十月幸华清宫,国忠姊妹五家扈从,每家为一队,着一色衣,五家合队,照映如百花之焕发,而遗钿坠舄,瑟瑟珠翠,灿烂芳馥于路。"我们再来看看这些贵人们游宴曲江的情景:

三月三日天气新,长安水边多丽人。①
态浓意远淑且真,肌理细腻骨肉匀。
绣罗衣裳照暮春,蹙金孔雀银麒麟。②
头上何所有? 翠微匐叶垂鬓唇。
背后何所见? 珠压腰衱稳称身。③
就中云幕椒房亲,赐名大国虢与秦。④
紫驼之峰出翠釜,水精之盘行素鳞。
犀箸厌饫久未下,鸾刀缕切空纷纶。⑤
黄门飞鞚不动尘,御厨络绎送八珍。
箫管哀吟感鬼神,宾从杂遝实要津。⑥

中华聚珍文学丛书——杜甫诗今译

后来鞍马何逡巡！当轩下马入锦茵。

杨花雪落覆白蘋,青鸟飞去衔红巾。⑦

炙手可热势绝伦,慎莫近前丞相嗔。⑧

【今译】

三月三日天气晴好,长安的曲江岸边多美人。

她们姿态浓艳,神情飘逸,举止娴静而端庄。
　肌肤细腻,秾纤合度。

刺绣的罗衣与晚春的风光辉映,金线银线绣
　上孔雀和麒麟。

她们头上有什么装饰?翡翠制的蔥叶垂挂在
　鬓边。

在她们背后看到些什么?缀着珍珠的腰带妥
　帖又称身。

在重重如云的帐幕里是后妃的亲属,她们的
　封号是虢国夫人与秦国夫人。

翠色的釜子烹制出驼峰羹,水晶盘传递着白
　色的鱼脍。

珍贵的肴馔都吃腻了,因而久未下筷,厨房里
　精工细作真是白忙活了。

太监驾着快马,小心翼翼地不让尘土飞扬,御
　　厨络绎不绝地送来许多珍异的菜式。
箫鼓齐鸣,鬼神感动,宾客随从多得塞满了交
　　通要道。
看,那后到的人按辔徐行,多神气啊! 他在帐
　　前下马,走进贵妇们铺着锦褥的帐幕。
淫荡的杨花雪一般地飘落,覆盖了白蘋,青鸟
　　衔着挂在树上的彩带受惊飞去。
真是炙手可热权势绝伦,小心别走近他啊!
　　说不准丞相会发怒的。

【注释】

　　①"三月"二句　三月三日:上巳日。古人于是日春游祭祀于
水滨,兼有祈福消灾和游赏两个目的。　长安水边:指长安东南的
曲江。前人云:"唐开元中都人游赏于曲江,莫盛于中和上巳节。"
　　②"态浓"四句　态浓:姿态浓艳。　淑且真:贤淑而端
庄。　骨肉匀:身材匀称。　罗:轻软而有疏孔的织物。　照莫
春:形容绣罗衣服的华丽生辉。莫,同"暮"。　蹙(cù 促)金:金线
刺绣。
　　③"头上"四句　翠微匎(è 恶)叶:谓翡翠微布于匎叶之上。
匎叶,古代妇女鬓饰上的花叶。　鬓唇:鬓边。　珠压腰衱(jié
劫):珍珠镶缀在腰带上。　稳:妥帖。
　　以上十句为一段,写游春仕女体态之美和服饰之盛。

中华聚珍文学丛书——杜甫诗今译

④“就中”二句　就中：当中。　云幕：一重重的帐幕。　椒房：汉代皇后的宫室以椒泥涂壁，因称后宫为椒房。椒房亲，指后宫的亲属。　赐名：《旧唐书·杨贵妃传》载：天宝七年(748)，封杨贵妃的大姊为韩国夫人，三姊为虢国夫人，八姊为秦国夫人。

⑤“紫驼”四句　紫驼之峰：指驼峰羹。为珍贵的食品。　翠釜：以翡翠为饰的锅。　水精盘：即水晶盘。　素鳞：白鳞。借指白色的鱼。行素鳞，指“行炙”，即传菜。　犀箸：以犀牛角制的筷子。　厌饫(yù裕)：吃饱。厌，同“餍”。　鸾刀：刀环有铃的刀子。鸾，铃。声如鸾鸣，故称。　空纷纶：白白地忙乱。

⑥“黄门”四句　黄门：太监。因居禁中黄门之内，故称。飞鞚：谓飞快地驭马前进。鞚，马络头。用以驭马。　八珍：许多珍异的菜式。一般把龙肝、凤髓、豹胎、鲤尾、鸮炙、猩唇、熊掌、酥酪蝉称为八珍。诗中用作泛指。　哀吟：清越高亢的乐声。　宾从：宾客，随从。从，去声。名词。　杂遝(tà榻)：众多貌。　实要津：实，用如动词。充满，塞满。要津，交通要道。亦指朝廷中重要职位。诗合用二意，语更精警。

以上十句为一段，写杨氏姊妹烜赫的地位和豪华的饮宴。

⑦“后来”四句　后来：后到的人。作这句的主语。　逡巡：徐行徘徊之状。一说，迅疾之状。见张相《诗词曲语辞汇释》。锦茵：锦褥，锦制的地毯。

⑧“炙手”二句　绝伦：无人可比拟。　丞相：指杨国忠。瞋：生气。

以上六句为一段，写杨国忠的骄横和兄妹淫乱。

乐 游 园 歌

　　天宝十年(751),失意的杜甫献赋为皇上所赏识,诏试集贤院,后为宰相所忌,以失败告终。这首诗就写在这个时候。题下注云:"晦日贺兰杨长史筵醉歌。"作者赴杨长史之筵,此为席后作。

　　乐游园在长安东南郊,亦称乐游原,始建于西汉宣帝神爵三年(前59),唐武则天时,太平公主在那里增建了亭阁,便成为游赏之地。此地四望宽敞,每逢上巳日及重阳节,士女云集,车马填塞,馨香满路,或登高临眺,或雅集游赏,甚是热闹。

乐游古园崒森爽,烟绵碧草萋萋长。

公子华筵势最高,秦川对酒平如掌。①

长生木瓢示真率,更调鞍马狂欢赏。

青春波浪芙蓉园,白日雷霆夹城仗。②

阊阖晴开诀荡荡,曲江翠幕排银榜。③

拂水低回舞袖翻,缘云清切歌声上。

却忆年年人醉时,只今未醉已先悲。

数茎白发那抛得,百罚深杯辞不辞?④

圣朝亦知贱士丑,一物但荷皇天慈。⑤

此身饮罢无归处,独立苍茫自咏诗。

乐游古园地势高峻，林木疏朗，四面云烟缭
　　绕，绿草长得很茂盛。

公子的筵席设在最高处，对酒遥望秦川，地平
　　如掌，尽在眼底。

大家用长生木瓢舀酒痛饮，纵情欢乐。还准
　　备好鞍马痛痛快快地游赏。

芙蓉园春波浩荡，夹城仪仗威严，如白日雷
　　霆，声响震天。

打开宫门，里面又深又广，曲江池华丽的帐
　　幕，挂着银饰的匾额。

舞袖翻飞，拂水留连；歌声清亮，直上云霄。

回想起年年游赏酒醉的情景，如今未醉已先
　　悲啊！

白发渐生，我怎舍得把酒抛却？千杯百杯地
　　罚我饮酒，我推辞不推辞？

圣明的朝廷也知道我不才，能得一醉，我该感
　　激皇天的恩典啊！

饮罢我没有个归宿之处，独自站在苍茫的原

野上吟咏诗篇。

【注释】

①"乐游"四句　崒（cuì 翠）：高峻。　森爽：林木疏朗爽豁。　萋萋：形容草长得茂盛。　公子：指杨长史。　华筵：丰盛美好的筵席。　秦川：长安正南有秦岭，岭根水流为秦川，一名樊川。此泛指关中平原。　四句为一段，交代饮宴，并概写园上所见的自然景物。

②"长生"四句　长生木瓢：用长生木制的酒瓢。　芙蓉园：一曰芙蓉苑，在曲江西南，园内有芙蓉池，为唐之南苑。　夹城：开元二十年（732），从大明宫到芙蓉园筑夹城，作为皇室游幸曲江池、芙蓉园的通道。

③"闾阖"二句　闾阖：天门。此指宫城正门。　曲江：曲江池。在乐游园南。　诔（dié 蝶）荡荡：深广貌。古乐府："天门开，诔荡荡。"　翠幕：华美的帐幕。　银榜：银饰的匾额。

以上八句为一段，写园中盛况。

④"却忆"四句　语意忽变，感慨苍凉，写自己勉为欢乐，借酒遣愁。

⑤"圣朝"二句　圣朝：是臣子对朝廷颂扬的话。　亦知贱士丑：指献赋为皇上所知。　贱士，诗人自称。　一物：指酒。荷：感荷，感恩。

以上八句为一段，借酒抒怀，表现对献赋失败的愤激。"独立苍茫"，写出寂寞孤高。一结余意无穷。

渼 陂 行①

本诗写于天宝十三年(754)春。

这是一首纪游诗,以描绘景物著称。诗人善于通过描写富有特征性的景物,成功地渲染气氛,抒写情怀,做到情和景的高度统一。全诗以游踪为线索,敷衍成篇,层次分明,结构绵密。诗中有较深厚的浪漫主义色彩,这在杜集中是不多见的。

岑参兄弟皆好奇,携我远来游渼陂。

天地黯惨忽异色,波涛万顷堆琉璃。②

琉璃汗漫泛舟入,事殊兴极忧思集。

鼋作鲸吞不复知,恶风白浪何嗟及!③

主人锦帆相为开,舟子喜甚无氛埃。

凫鹥散乱棹讴发,丝管啁啾空翠来。④

沉竿续缦深莫测,菱叶荷花净如拭。

宛在中流渤澥清,下归无极终南黑。⑤

半陂以南纯浸山,动影裹窳冲融间。

船舷暝戛云际寺,水面月出蓝田关。⑥

此时骊龙亦吐珠,冯夷击鼓群龙趋。

湘妃汉女出歌舞,金支翠旗光有无。⑦

咫尺但愁雷雨至,苍茫不晓神灵意。

少壮几时奈老何,向来哀乐何其多!⑧

【今译】

岑参兄弟都是好奇的人,带我从远处来渼陂
　　游赏。

天地霎时间昏黑变色,波涛万顷像无数堆叠
　　起来的琉璃。

泛舟而入,见陂水澄澈,像无边无际的琉璃。
　　因为此行特异,既兴致极高,又忧惧交集。

被猪婆龙鲸吞也不可知,只见恶风掀起了雪
　　白的浪头,叹悔莫及。

主人为我扯起了船帆,船夫欢天喜地,空气干
　　净的没有一点尘埃。

野鸭、水鸥受惊飞散,船夫唱起了棹歌,细碎
　　的乐声像从碧色的高空传来。

沉竿续绳也无法测量水到底有多深,菱叶荷
　　花洁净得像揩抹过一样。

船在澄澈的中流前进,深不见底的水下是终
　　南山黝黑的倒影。

南边半陂的水面全浸着山，山影在荡漾的微
　波中晃动。

船在昏暗中靠近云际寺时，船舷碰得戛戛地
　响；月亮从蓝田关徐徐地升起，倒映水面。

这时月亮和灯火像骊龙吐珠；仿佛冯夷在击
　鼓，无数的龙船一齐奋力向前。

美女唱歌起舞，真像湘妃和汉女出游渼陂，她
　们的金枝、翠旗等光辉闪烁，时暗时明。

咫尺间只担心雷雨又来了，天水苍茫，真猜不
　透神灵的意图。

人生少壮能有几时？光阴易逝，人渐衰老，谁
　也奈何不得。从来就有太多的哀乐交织。

【注释】

① 渼陂(bēi 碑)：在长安东南，源出终南山，因水味美得名。
陂上为紫阁峰，峰下陂水澄湛，环抱山麓，方广数里。

② "岑参"四句　岑参(715—770)：江陵人。盛唐著名诗人。
天宝三年进士，后在安西节度使高仙芝幕中掌书记。时在长安，常
与杜甫同游。　黤(yǎn 奄)惨：昏黑。　四句为一段，写未开舟时
遥望渼陂所见。

③ "琉璃"四句　汗漫：无边无际。　事殊兴极：经历少有，
兴致极高。　鼍(tuó 驼)：猪婆龙，形似鳄。　作：起来。　不复
知：不可逆料。　何嗟及：哪里还叹悔得及。《诗·王风·中谷有

菥》：“唏其叹矣，何嗟及矣。” 四句为一段，写入渼陂时的险象及所感。

　　④“主人”四句　舟子：船夫。　无氛埃：指雨过天晴，空气洁净。　凫鹥（fú yī 扶依）：野鸭和水鸥。　棹讴：棹歌，船夫摇船时唱的歌。　啁啾：象声词。乐声。因四围空阔，故乐声显得散碎。　空翠：天空翠色。　四句为一段，写张帆前进时的所见所闻。

　　⑤“沉竿”四句　缦：丝弦。此指绳子。　渤澥（xiè 懈）：指大海。此代指渼陂。　终南黑：终南山的倒影黑色。　四句为一段，写从水边泛舟进入中流时的所见。

　　⑥“半陂”四句　袅窕（niǎo tiǎo 鸟朓）：指山影摇动。　冲融：水波荡漾。　暝：昏暗。　戛：象声词。此指篙橹和船舷碰撞的声音。　云际寺：指云际山大定寺。　蓝田关：在蓝田县东六十里，即峣关。　四句为一段，写从中流泛舟移近南岸时的所见。

　　⑦“此时”四句　骊龙：传说中黑色的龙。　冯（píng 凭）夷：亦称“冰夷”，传说中的水仙。　湘妃：娥皇、女英，传说中虞舜的两个妃子。　汉女：传说中的汉水女神。　金枝、翠旗：均指湘妃、汉女的仪饰。金支，金枝。饰于乐器上的流苏、羽葆等黄金饰品。翠旗，翠羽装饰的旗。　四句为一段，写月影灯光中泛舟所见。

　　⑧“咫尺”四句　四句为一段，写诗人的感慨，总结全篇。

醉 时 歌

诗人原注："赠广文馆博士郑虔。"郑虔,杜甫在长安的好朋友,能诗画,天宝九年(750)任国子监广文馆博士。本篇作于天宝十三年(754)春。时诗人已困居长安九年,仕途上一无进展,满腹牢骚,精神苦闷。诗歌写两人失意时借酒排闷的情景,一气呵成,如长江大河,奔泻而下,沉着痛快,格调颇近李白雄放之作。王嗣奭云："此诗多自道苦情,故以醉歌命题。"又云："此篇总属不平之鸣,无可奈何之词,非真谓垂名无用,非真谓儒术可废,亦非真欲孔、跖齐观,又非真欲同寻醉乡也。公咏怀诗云'沉醉聊自遣,放歌破愁绝',即可移作此诗之解。"

诸公衮衮登台省,广文先生官独冷。

甲第纷纷厌粱肉,广文先生饭不足。①

先生有道出羲皇,先生有才过屈宋。

德尊一代常坎轲,名垂万古知何用!②

杜陵野客人更嗤,被褐短窄鬓如丝。

日籴太仓五升米,时赴郑老同襟期。③

得钱即相觅,沽酒不复疑。

忘形到尔汝,痛饮真吾师。④

清夜沉沉动春酌,灯前细雨檐花落。

但觉高歌有鬼神,焉知饿死填沟壑?⑤

相如逸才亲涤器,子云识字终投阁。⑥

先生早赋归去来,石田茅屋荒苍苔。

儒术于我何有哉!孔丘盗跖俱尘埃。

不须闻此意惨怆,生前相遇且衔杯。⑦

【今译】

诸公一个接一个地身居要职,唯独广文先生
　　当着个冷官。

他们纷纷占着头等住宅,吃饱了精美的饭菜;
　　广文先生你却食不果腹。

先生有道高出伏羲之上,先生有才胜过屈原、
　　宋玉。

你品德高尚,为一代所尊,却很不得意,名垂
　　万古又有什么用?

我这个杜陵野老,更是为人们所嗤笑,披着粗
　　布衣又短又窄,两鬓白如银丝。

每天籴五升太仓米,度着穷苦的日子,时常赴
　　郑老的筵席,怀抱相契。

我们有钱就互相寻访,买酒痛饮,全不管别的

什么。

我们得意忘形,你我相称——只要开怀畅饮,
　　就可尊以为师。

在沉沉的静夜里,我们还在赏春对酒,灯前飘
　　洒着细雨,檐边的花儿纷纷飘坠。

我们放声高歌,只觉得鬼神为此出现,哪知道
　　会饿死在沟壑之中?

才华超卓的司马相如要亲自洗涤酒器;多识
　　奇字的扬雄,也不免跳楼而险些丧生。

先生还是及早弃官归去吧,你家乡的薄田茅
　　舍已荒芜冷落,长满苍苔了!

儒术对于我们又有什么用呢,孔丘、盗跖都早
　　已化为尘土!

听见这些话你不必凄惨悲怆,我们趁生前相
　　聚,姑且衔杯痛饮吧!

【注释】

　　①“诸公”四句　衮衮:接连众多貌。其后“衮衮诸公”含有对
大人物们的贬称。　台省:泛指清要之职。台,指御史台。省,指
中书省、尚书省、门下省三省,均为朝廷的重要政治机关。　广文
先生:指郑虔。时任广文馆博士,人称“郑广文”。　冷:清闲,冷

淡。冷官,指不重要的、俸禄低微的官职。 甲第:汉代赐权贵住宅,有甲、乙次第。甲第为封侯者的住宅。此泛指显贵之家。厌:同"餍",饱足。 粱肉:指精美的膳食。 四句以对比手法,写郑虔失意贫困。

②"先生"四句 出:超出,高出。 羲皇:伏羲氏,古代传说中的君主。据说他造文字,教民渔牧。 屈宋:屈原和宋玉。 德尊一代:道德为当世所尊。 坎轲:同"坎坷"。 四句言郑虔怀才不遇。

以上八句为一段,写郑虔的不幸遭遇。

③"杜陵"四句 杜陵野客:杜甫自称。参见《自京赴奉先县咏怀五百字》注。 被褐(pī hè 披贺):被,同"披"。褐,粗布衣。贫民所服。被褐,意谓没有一官半职。 籴(dí 笛):买入米粮。 太仓米:天宝十二年(753)八月,长安霖雨,米价暴升,朝廷出太仓米十万石出售。故买太仓米意味着是接受赈济的穷人。襟期:怀抱。同襟期,彼此投契相得。 四句写自己穷愁潦倒。

④"得钱"四句 不复疑:不再考虑什么。 忘形到尔汝:谓得意忘形到不拘礼节的地步。尔汝,不客气的第二人称。 真吾师:意谓确实值得我们效法。或谓吾师指郑虔,误。 四句述彼此痛饮忘形,写出两人亲密无间的关系。

以上八句为一段。

⑤"清夜"四句 酌:斟酒。 檐花:屋檐边的花。 有鬼神:谓鬼神受感动而出现。 填沟壑:意谓死无葬身之地。沟壑,溪谷。引申指野死之处。《荀子·荣辱》:"是其所以不免于冻饿,操瓢囊为沟壑中瘠者也。"

⑥"相如"二句 相如涤器:司马相如,汉代赋家,曾与妻子卓文君在临邛开设酒店。文君卖酒,相如亲自洗涤酒器。 逸才:超出一般的才能。 子云投阁:扬雄,字子云,汉代辞赋家,博学,多识奇字。他因弟子刘棻被王莽治罪而受株连。一天,他在天禄阁校书,知使者来捕,便从阁上跳下,险些送命。

以上六句为一段,写两人春夜对酒尽兴。

⑦ "先生"六句 赋归去来:晋代诗人陶渊明为彭泽令,不愿为五斗米折腰,解官归家作《归去来辞》,有句云:"归去来兮,田园将芜胡不归!"即下文"石田"句所自。 石田:薄田,贫瘠的田地。《易林》:"石田无稼,苦费功力。" 盗跖:传说中春秋时代著名的大盗。 衔杯:喝酒。 六句为一段,强作达观之辞。满腹牢骚,愤懑不平,却又无计可施,唯有借酒遣怀了。

醉 — 时 — 歌

二六九

奉先刘少府新画山水障歌

　　这是一首咏山水画的诗。诗人并不只是告诉我们这幅画画了些什么,也不是随便赞赏一番就了事;而是从画的气韵骨法入手,以画法为诗法,通过描写、比喻、夸张和联想,把我们引进了画的境界。《文苑英华》收录是诗,下注云:"奉先尉刘单宅作。"刘单,即诗题中刘少府。少府,县尉的尊称。天宝十三年(754)秋,关中久雨饥荒。杜甫养不起家,便把妻子送到奉先(今陕西蒲城县)暂住。本诗当作于此时。山水障,画着山水风景的屏障。设于厅堂卧室,为间隔之用。

　　堂上不合生枫树,怪底江山起烟雾。

　　闻君扫却赤县图,乘兴遣画沧洲趣。①

　　画师亦无数,好手不可遇。

　　对此融心神,知君重毫素。②

　　岂但祁岳与郑虔,笔迹远过杨契丹。③

　　得非玄圃裂?无乃潇湘翻?

　　悄然坐我天姥下,耳边已似闻清猿。④

　　反思前夜风雨急,乃是蒲城鬼神入。

　　元气淋漓障犹湿,真宰上诉天应泣。⑤

　　野亭春还杂花远,渔翁暝踏孤舟立。

沧浪水深青溟阔，欹岸侧岛秋毫末。

不见湘妃鼓瑟时，至今斑竹临江活。⑥

刘侯天机精，爱画入骨髓。

自有两儿郎，挥洒亦莫比。⑦

大儿聪明到，能添老树巅崖里。

小儿心孔开，貌得山僧及童子。⑧

若耶溪，云门寺，

吾独胡为在泥滓？青鞋布袜从此始。⑨

【今译】

堂上本不该生长枫树的啊，看烟雾从这山水
　　中冉冉升起，真使我惊奇！

听说你先画了幅地理图，乘兴再画了这幅表
　　现隐者情趣的山水画。

画师亦可谓够多了，好手却很难遇到。

我仔细欣赏这幅画，把心神都融进画中境界
　　了，知道你是注重绘画艺术的。

你的绘画技巧岂止高于祁岳与郑虔，还远远
　　超过杨契丹呢！

这画中的山，莫非是玄圃坼裂而成？这画中

的水,恐怕是潇湘翻倒而流至吧?

我仿佛悄然坐在天姥山下,耳边像听见猿猴
　　凄清的啼叫。

忽想起前夜风急雨骤,原来是鬼神进入了奉
　　先城。

这屏障画元气淋漓,墨迹湿润,向天神诉说,
　　上天也该感动哭泣。

春回大地,野亭边杂花开遍;落日黄昏,渔翁
　　独立在孤舟之上。

水色青苍,如大海般无边无际;斜岸与侧岛细
　　致入微,秋毫可辨。

难道看不见湘妃鼓瑟的情景? 她们的血泪染
　　成的斑竹,至今还临江长着呢!

刘侯是个绝顶聪明的人,爱画爱得入骨髓。

他有两个儿子,作起画来也没人比得上。

大儿子灵机一动,能在山巅崖壁上添画几株
　　老树。

小儿子心窍一开,能惟妙惟肖地画出山僧和
　　童子。

若耶溪、云门寺是好地方啊!

我为什么要独个儿在尘世之中？让我从此穿
着青鞋布袜,追求山水名胜吧!

【注释】

①"堂上"四句　不合:不该。　怪底:惊怪,疑怪。　江山:
指画中山水。　起烟雾:接"枫树"意,谓树能生烟也。此句横空而
起,杨万里称之为"惊人句"。　扫却:画就,画好了。扫,用笔挥
洒。指绘画。　赤县图:中国地图。此为地图的泛称,不是全国地
图。赤县,中国古称。　沧洲趣:隐者的情趣。沧洲,水滨之地,隐
者所居。　四句为一段,赞美画境逼真,点题,总起全篇。

②毫素:毛笔和白绢。此指绘画艺术。

③"岂但"二句　祁岳:诗人同时代的名画家。朱景玄《唐朝
名画录》载其名。　郑虔:《新唐书·郑虔传》:"虔善图山水,好
书,……尝自写其诗并画以献,帝大署其尾曰'郑虔三绝'。"　杨
契丹:隋代名画家。《后画录》:"隋参军杨契丹六法颇该,殊丰
骨气。"

以上六句为一段,赞刘少府画技高超。

④"得非"四句　得非:不就是;岂不是。　玄圃:一作悬圃,
神话中昆仑山之巅,神仙居地。《淮南子·坠形训》:"昆仑之丘,或
上倍之,是谓凉风之山,登之而不死;或上倍之,是谓悬圃,登之乃
灵。"　无乃:恐怕;只怕。　潇湘:二水名。在今湖南省境。　天
姥(mǔ母):山名。在今浙江省天台县西,近临剡溪,是浙东名山。
杜甫曾游此,因由画中山水想到旧游。　清猿:指猿猴凄清的啼
叫。　四句设想奇特,极写画的逼真,如从真山真水中分割出来。

⑤"反思"四句　反思:翻思,回想。　蒲城:奉先的旧名。
唐睿宗葬于蒲城桥陵,因改名奉先。　元气:天地阴阳二气混沌未
分的状态。此泛指天地之气。元气淋漓,犹言真气磅礴,生气蓬

勃。　真宰：天神。

以上八句为一段，极言画中山水的神奇。

⑥"野亭"六句　春还：春天来到。　沧浪(láng 郎)：青苍的水色。《孟子·离娄》："沧浪之水清兮，可以濯我缨；沧浪之水浊兮，可以濯我足。"后因以"沧浪"指隐者所居之处。　青溟：指海。　欹岸：倾斜的岸。　侧岛：在水旁之岛。侧，指不在水中央。　不见：古诗常用语。犹言"岂不见"。　湘妃：参见《渼陂行》注。　鼓瑟：弹奏瑟。《楚辞·远游》："使湘灵鼓瑟兮。"湘灵，即湘妃。　斑竹：神话传说，舜死于苍梧，二妃啼，泪滴竹上，竹尽斑。　六句为一段，细写画中山水景物。

⑦"刘侯"四句　刘侯：指刘单。侯，对男子的尊称。犹言"公""君"等。　天机：天才，灵性。　挥洒：挥笔洒墨，纵笔作画。　莫比：无人可比。

⑧"大儿"四句　聪明到：聪明极了。到，至，极。　心孔：心窍，心眼。　貌：即"描"。描画，摹写。

以上八句为一段，由刘少府推及他的两个儿子。

⑨"若耶"四句　若耶溪：在今浙江省绍兴市南二十里若耶山下。　云门寺：在若耶溪畔，风景清幽。　泥滓(zǐ 子)：泥浊。指污浊的人世。　青鞋布袜：为山林隐者所穿。　四句为一段，由画而产生托身世外的思想。

悲 陈 陶[①]

至德元年(756)十月,宰相房琯自请带兵收复长安。他把新召来的义军分为三路:杨希文率南军,自宜寿入;李光进率北军,自武功入;他与刘悊率中军,为前锋。中军、北军与安守义相遇,大败。随后,他又带领南军与叛军接战,又败。《通鉴·唐纪三十五》:"琯效古法,用车战,以牛车二千乘,马、步夹之。贼顺风鼓噪,牛皆震骇。贼纵火焚之,人畜大乱,官军死伤者四万余人,存者数千而已。"当时杜甫正陷长安贼中,闻官军惨败,又目睹敌人胜后骄横得意之状,痛不自胜,便写下了这首诗。

孟冬十郡良家子,血作陈陶泽中水。
野旷天清无战声,四万义军同日死。[②]
群胡归来雪洗箭,仍唱夷歌饮都市。[③]
都人回面向北啼,日夜更望官军至。[④]

【今译】

初冬十月,十郡的良家子弟,他们的血与陈陶
　　泽中的水相混。
旷野茫茫,天色惨淡,战场一片死寂,四万义
　　军都在这一天战死了。

胡兵归来,用雪洗去兵器上的血迹,他们还唱
　　着夷歌在长安市面上狂饮。
京城里的人都转过面来,向着北边啼哭,日夜
　　盼望官军回来。

【注释】

① 陈陶:即陈陶斜,又名陶泽。在今陕西省咸阳市东。

② "孟冬"四句　孟冬:冬季的头一个月。即十月。　十郡:
指西北十郡,在今陕西省一带。　四句写义军覆没。

③ "群胡"二句　群胡:安禄山为胡人,部将士卒也多是胡人,
故称。　箭:此代指各种兵器。　两句写战后叛军的骄横得意。

④ "都人"二句　回面:转过面来。　向北啼:时肃宗进驻长
安西北之彭原。《通鉴·唐纪三十四》:"民间相传太子北收兵来取
长安,长安民日夜望之……贼望见北方尘起,辄惊欲走。"　两句写
长安人民盼望官军回来的心情。

中华聚珍文学丛书——杜甫诗今译

哀 江 头

本篇与《春望》同时作。

　　长安朱雀街东流水萦回之处，就是曲江，江头指的就是这个地方。曲江在秦为宜春苑，在汉为乐游园，唐开元年间经过疏凿营建，成为玄宗、贵妃常常游幸之所。肃宗至德二年（757）三月，杜甫避开长安叛军的耳目，潜行至曲江。他想起昔日玄宗、贵妃"霓旌下南苑"的气派和贵妃专宠骄奢的情景，想起安史作乱、长安陷落、玄宗出走和马嵬驿的悲剧，但还想到国家的危难、人民的疾苦和个人的不幸。他愁思翻涌，悲不可遏。诗歌以叙事为主体，先写目前所见，再倒叙一笔，又折回目前，波澜起伏。中间一段描写细腻，与上、下文硬笔成鲜明对比，极为老健。

少陵野老吞声哭，春日潜行曲江曲。

江头宫殿锁千门，细柳新蒲为谁绿？①

忆昔霓旌下南苑，苑中万物生颜色。

昭阳殿里第一人，同辇随君侍君侧。②

辇前才人带弓箭，白马嚼啮黄金勒。

翻身向天仰射云，一笑正坠双飞翼。③

明眸皓齿今何在？血污游魂归不得！

清渭东流剑阁深，去住彼此无消息。④

人生有情泪沾臆，江草江花岂终极？⑤

黄昏胡骑尘满城，欲往城南望城北。⑥

【今译】

我这个少陵原上的乡巴佬把哭声吞下肚里，
　　春天偷偷地行走在曲江幽僻的角落。

江边宫殿千门紧锁——细柳新蒲到底为谁长
　　得那样碧绿？

回想往日皇上临幸芙蓉苑的时候，苑中万物
　　为之增添颜色。

昭阳宫里最受宠的妃子随皇上同车到达，侍
　　候在他身边。

宫中女官带着弓箭，神气地走在御车前面，高
　　大的白马嚼啮着黄金衔勒。

只见那女官转身向着云天仰射，飞鸟中箭坠
　　落，惹得贵妃开颜一笑。

绝代佳人如今到哪里去了？她已身遭惨死，
　　游魂不得归来！

清清的渭水东流，剑阁路途遥远，玄宗与贵妃
　　生死相隔，两无消息。

人生有情，睹景伤怀不由得泪湿衣襟；而江水

自流,江花自艳,春色年年依旧,永无穷尽。黄昏时胡骑扬起了满城的尘土,我本想到城南却向城北走去。

【注释】

①"少陵"四句　少陵野老:诗人自称。参见《自京赴奉先县咏怀五百字》注。少陵,汉宣帝许后的葬地。在今陕西省西安市长安区,杜陵东南十余里。杜甫自称杜陵野老,也称少陵野老。　潜行:秘密而行。　四句为一段,言春色依旧,人事全非。

②"忆昔"四句　霓旌:天子仪仗中的彩旗。《高唐赋》:"霓为旌,翠为盖。"此代指皇帝临幸。　南苑:即芙蓉苑。在曲江南边,故名。　第一人:原指汉成帝后赵飞燕,此借指杨贵妃。李白有"宫中谁第一? 飞燕在昭阳"句,指的也是杨贵妃。　辇(niǎn 捻):皇帝乘坐的车子。

③"辇前"四句　才人:宫中女官。《旧唐书·百官志》:"内官,才人七人,正四品。"皇帝出猎,扈从的女官骑马挟弓箭。　啮(niè 聂):咬。　黄金勒:以黄金为饰的马络头。　一笑:指贵妃。

以上八句为一段,追忆杨贵妃游芙蓉苑的盛况。

④"明眸"四句　明眸皓齿:形容美人,此指杨贵妃。　血污游魂:指杨贵妃惨死马嵬驿事。《旧唐书·杨贵妃传》:"及潼关失守,从幸至马嵬,禁军大将陈玄礼密启太子,诛国忠父子。既而四军不散。玄宗遣力士宣问,对曰:'贼本尚在。'盖指贵妃也。力士复奏,帝不获已,与妃诀,遂缢死于佛室。时年三十八,瘗于驿西道侧。"　清渭:渭水,流经马嵬驿,因指贵妃缢死处。按,《诗·邶风·柏舟》有"泾以渭浊"一语,后人误解其意,以为渭水清而泾水

浊。近人经实地调查,证实渭水浊而泾水清。杜甫亦沿此误。

去住:指贵妃埋葬渭水之滨,玄宗由剑阁前往成都。

⑤"人生"二句　臆:胸。　岂终极:哪里有穷尽之时。

⑥望城北:犹言向城北。

以上八句为一段,以感慨点明中心,收束全诗。

戏题王宰画山水图歌

王宰，四川人，杜甫同时代的画家，喜画蜀中山水。张彦远《历代名画记》说他"多画蜀山，玲珑嵌空，巉嵯巧峭"；朱景玄《唐朝名画录》认为他的山水画"可跻于妙上品"。本诗用夸张的笔法，赞美王宰精湛的画艺。末二语尤为人所称道。

十日画一水，五日画一石。
能事不受相促迫，王宰始肯留真迹。①
壮哉昆仑方壶图，挂君高堂之素壁。②
巴陵洞庭日本东，赤岸水与银河通，
中有云气随飞龙。③
舟人渔子入浦溆，山木尽亚洪涛风。④
尤工远势古莫比，咫尺应须论万里。⑤
焉得并州快剪刀，剪取吴松半江水。⑥

【今译】

十日画一道流水，五日画一块山石。
要不受人催促，王宰才肯下笔作画，留下生动
　逼真的墨迹。

他的山水画挂在高堂洁白的墙壁上，气势多
　　么雄壮啊！
巴陵的洞庭湖水远流至日本东面的大海。长
　　江的水势浩渺，仿佛与银河相通。
中间云气翻腾，好像随神龙飞动。
船夫渔人把船划到岸边，风涛激荡，山中的树
　　木尽为偃伏。
王宰尤工于描画山水远景，古人都比不上。
　　他在咫尺的篇幅中，绘出江山万里的气象。
怎样才能得到并州的快剪刀，把这吴淞的半
　　江水剪得归去啊！

【注释】

①"十日"四句　能事：所擅长之事。　四句写王宰作画严肃
认真，要酝酿成熟，才从容着笔。

②"壮哉"二句　昆仑：我国西北地区的大山，亦是古代神话
传说中的仙山。　方壶：神话传说中东海三仙山之一。　君：指
王宰。　两句写王宰所画的山水奇伟壮丽。

以上六句为一段。

③"巴陵"三句　巴陵：山名。在今湖南省岳阳市境，下临洞
庭湖。　日本东：日本东面的海。　赤岸：郭璞《江赋》："鼓洪涛
于赤岸。"李善注："赤岸在广陵兴县。"即今扬州。这里指东南赤岸
山旁的长江水。　"中有"句：语本《庄子·逍遥游》："姑射山有神

人,乘云气,御飞龙,而游乎四海之外。"又,《易·乾》:"云从龙,风从虎。"

④"舟人"二句　浦溆(xù叙):水边。　亚:倾斜,低伏。洪涛风:吹起巨大波涛的风。

以上五句为一段。

⑤"尤工"二句　尤工:特别擅长。　咫尺:指极短的距离。咫,周尺八寸。　论:读平声。看作。

⑥"焉得"二句　焉得:怎能得到。　并州:古十二州之一。州治在今山西省太原市,以产剪刀著称。　"剪取"句:谓自己喜爱王宰的画,恨不得带回家去细细赏玩。晋朝索靖见顾恺之的画,赞赏说:"恨不带并州快剪刀来,剪松江半幅练纹归去。"此用其意。或谓此赞叹画境逼真,如将真山水剪到画中,误。取,语气助词。表动作的进行。吴松:一作"吴淞"。即吴淞江,一名吴陵江,又名松江。在今江苏省东南和上海市境。

以上四句为一段。

茅屋为秋风所破歌

　　本篇作于上元二年(761)秋。一场大风袭击了浣花溪畔的草堂,把屋顶的茅草卷去了。跟着是秋霖夜雨,天寒屋漏,无处安身,诗人一家处境十分狼狈。他推己及人,联想起天下无数像自己一样困苦的"寒士",写成此诗,表达了对民众疾苦的关切之情。

八月秋高风怒号,卷我屋上三重茅。

茅飞渡江洒江郊,

高者挂罥长林梢,下者飘转沉塘坳。①

南村群童欺我老无力,忍能对面为盗贼。

公然抱茅入竹去,唇焦口燥呼不得。

归来倚杖自叹息。②

俄顷风定云墨色,秋天漠漠向昏黑。

布衾多年冷似铁,娇儿恶卧踏里裂。③

床头屋漏无干处,雨脚如麻未断绝。

自经丧乱少睡眠,长夜沾湿何由彻!④

安得广厦千万间,大庇天下寒士俱欢颜,⑤

风雨不动安如山。

呜呼！何时眼前突兀见此屋？

吾庐独破受冻死亦足！⑥

【今译】

八月高秋的狂风怒号，卷走了我屋上的几重
茅草。

茅草随风飞过江去，散落在江边的郊野上，

高的挂在树林的树梢上，低的在地面飘旋，沉
到洼地的水中去。

南村的孩子们欺负我年老无力，竟忍心这样
当面作盗贼。

他们公然抱起茅草跑到竹林里去，我呼喊得
唇焦口燥也没有效果，

回家倚着手杖独自叹息。

霎时间风定云黑，深秋的白天，灰蒙蒙地接近
黑夜。

布被用了多年，又脏又硬，冷似铁板，娇儿睡
态不好，把被里子都蹬破了。

床头的屋顶不停漏雨，没干的地方；雨脚如
麻，不停地下着。

自从经历战乱以来，就很少睡得着觉。长夜
沾湿，如何挨到天亮！

怎能有千万间宽敞的房屋，庇护着天下所有
贫寒的人，让他们都喜笑颜开，

风雨不动，安稳如山？

唉，这样的房屋什么时候才高高地耸立在我
面前？

那时即使我茅屋独破，受冻而死也心甘情愿。

【注释】

①"八月"五句　秋高：即高秋。秋天。　号(háo豪)：怒叫。形容风声的狂暴。　三重：犹言几重。三，言其多，非实指。　挂罥(juàn倦)：挂结。　洒：散落。　塘坳：积水洼地。　五句为一段，写风卷茅飞。

②"南村"五句　忍能：忍心这样。能，唐人口语，犹言"如此"。　对面：当面。　为：作，做。　竹：指竹林。　呼不得：喝止不住。　五句为一段，写顽童恶作剧，抱茅入竹林中。

③"俄顷"四句　俄顷：霎时。　秋天：秋日的天空。　漠漠：阴沉、灰蒙蒙的样子。　向：将近。　布衾：布被。　恶卧：睡态不好。

④"床头"四句　雨脚：雨下到地面称"雨脚"。　丧乱：指安史之乱。　少睡眠：意谓忧虑国事，夜不能寐。杜诗中屡屡提到失眠之事，如《宿江边阁》诗："不眠忧战伐，无力正乾坤。"或干脆以"不寐"为诗题。　何由彻：如何挨到天亮。彻，彻晓，天明。

中华聚珍文学丛书——杜甫诗今译

以上八句为一段,写屋漏苦况。

⑤ "安得"二句　安得:怎得,怎能有。　庇:遮盖,保护。

⑥ "呜呼"二句　突兀:高耸貌。　见:同"现"。　庐:房屋。

以上五句为一段,写"大庇天下寒士"的理想。

冬　狩　行

　　本篇作于广德元年(763)，时杜甫在梓州。是年七月吐蕃入侵，十月攻至长安，代宗出奔陕州，国家又一次陷入危难之中。冬天，梓州刺史兼东川留后章彝举行了一次规模盛大的狩猎。这首诗借描写打猎场面，规劝章彝为国出力，以护王室。诗中写冬猎的盛大场面，有声有色。语似褒而实贬，似颂而实讽。篇终见意，沉痛至骨。冬狩(shòu 兽)，古时君主春猎曰"搜"，夏猎曰"苗"，秋猎曰"狝"，冬猎曰"狩"。

君不见东川节度兵马雄，校猎亦似观成功。

夜发猛士三千人，清晨合围步骤同。①

禽兽已毙十七八，杀声落日回苍穹。②

幕前生致九青兕，驼驼崭崒垂玄熊。③

东西南北百里间，仿佛蹴踏寒山空。④

有鸟名鹦鹆，力不能高飞逐走蓬，

肉味不足登鼎俎，胡为见羁虞罗中？⑤

春搜冬狩侯得用，使君五马一马骢。

况今摄行大将权，号令颇有前贤风。⑥

飘然时危一老翁，十年厌见旌旗红。

喜君士卒甚整肃，为我回辔擒西戎。⑦

中华聚珍文学丛书——杜甫诗今译

草中狐兔尽何益？天子不在咸阳宫。⑧

朝廷虽无幽王祸，得不哀痛尘再蒙！

呜呼，得不哀痛尘再蒙！⑨

【今译】

你不见东川节度使兵马雄壮，校猎也像凯旋
　　奏功啊！

猛士三千星夜出发，清晨合围，步调相同。

禽兽已杀得差不多了，杀声震天，西天的落日
　　也为之回转。

幕前摆满了活捉来的犀牛，高高的骆驼背上
　　垂挂着黑熊。

狩猎的猛士纵横驰骤，仿佛要把东南西北方
　　圆百里的山野猎取一空。

有种鸟名叫鹪鹩，体小力弱，甚至不能高飞追
　　逐飘蓬。

肉味不美，不足以供祭祀，为什么也被捕获在
　　罗网之中？

春搜冬狩诸侯得同样举行，你身为刺史，又兼
　　任侍御史之职，

况且现在你还代行大将的职权,发号施令颇
　　有古代大将的风度呢!

我这个在艰危时局中到处飘零的孤老头,十
　　年来早已厌倦战事,怕看到红红的旌旗。

如今见你军容整肃,我很是高兴,请为我驰马
　　奔赴西北战场,擒敌报国吧!

草莽中的狐兔有什么好处?天子已不在长安
　　宫中了。

皇上虽未遭到周幽王那样的灾难,但已继玄
　　宗之后,又一次离宫出奔了,

这怎能不令人哀痛!唉,这怎能不令人哀
　　痛啊!

【注释】

①"君不"四句　君不见:古诗常用语,以引起下文。君,非实
有所指。　东川节度:指章彝。　校猎:用木栅挡兽打猎。校,木
栅栏。　观成功:凯旋奏捷。　步骤同:步调相同,行动一致。
四句为一段,概写冬狩军容,阵势严整盛大。

②"杀声"句:语本《淮南子·览冥训》:鲁阳与敌人作战,战
酣日落。鲁阳挥戈,使太阳又回转到高空。本诗以此形容章彝狩
猎的声势。　苍穹:苍天。

③"幕前"二句　生致:活捉来。九:泛言其多。　青兕(sì
似):古代犀牛的一种,独角,皮青。　驼(tuō 托)驼:即骆驼。

巋嵬(léi wēi 雷危)：高大貌。　垂：悬挂。　玄熊：黑熊。

④"仿佛"句　蹴(cù 促)踏：践踏。　寒山空：形容禽兽皆尽，寒山一空。

⑤"有鸟"四句　鸜鹆(qú yù 渠欲)：也作"鸲鹆"，俗名八哥，鸟的一种。　走蓬：飞蓬。　鼎俎(zǔ 组)：古代烹煮和盛祭品的器物。　见羁：被羁留。　虞罗：谓罗网。虞，古代掌管山泽的官。罗，捕鸟的网。

以上十句为一段，具体描述冬狩的盛况。

⑥"春搜"四句　春搜、冬狩：据《周礼》本是天子的事。后来诸侯也得同样举行。侯，诸侯。章彝为州刺史，地位与诸侯相当，故称。　五马一马骢：谓章彝身兼侍御史之职。五马，东汉太守用五马驾车。一马骢，后汉桓典为侍御史，常骑骢马(青白杂色的马)，人称"骢马御史"。　摄行大将权：章彝又是代行大将职权的留后(义同"留守"，是节度使的代理官)。摄行，代行。　前贤：指古代的大将。　风：风度，威风。　四句为一段，言章彝位高权大。表面是赞美，实际是讽刺他行为僭越，不守古礼。

⑦"飘然"四句　旌旗红：唐代节度使用红色的旌旗。这里也暗喻战事。　回辔：掉转马头，即回马。　西戎：指吐蕃。

⑧"草中"二句　天子：指唐代宗。　咸阳：在长安西北，借指长安。

⑨"朝廷"三句　幽王祸：周幽王被犬戎杀死于骊山之下。得不：能不，怎能不。　尘再蒙：再次蒙尘。安史之乱时，玄宗奔蜀，吐蕃入侵，代宗奔陕，故云。蒙尘，见《北征》注。

以上九句为一段，劝章彝回马擒敌，为国出力。

丹青引① 赠曹将军霸

　　曹霸，曹操曾孙曹髦之后，唐代名画家。开元中成名，善画马和人物。天宝末，他常应诏画御马、功臣，官至左武卫将军。这首诗记述了曹霸的家世和遭际，赞扬了他高超的画技，同时对他战乱后的落泊生涯表示深切的同情。诗中寄寓着诗人盛衰兴废的感慨。

　　将军魏武之子孙，于今为庶为清门。

　　英雄割据虽已矣，文采风流今尚存。②

　　学书初学卫夫人，但恨无过王右军。

　　丹青不知老将至，富贵于我如浮云。③

　　开元之中常引见，承恩数上南薰殿。

　　凌烟功臣少颜色，将军下笔开生面。④

　　良相头上进贤冠，猛将腰间大羽箭。

　　褒公鄂公毛发动，英姿飒爽犹酣战。⑤

　　先帝御马玉花骢，画工如山貌不同。

　　是日牵来赤墀下，迥立阊阖生长风。⑥

　　诏谓将军拂绢素，意匠惨淡经营中。

　　须臾九重真龙出，一洗万古凡马空。⑦

玉花却在御榻上,榻上庭前屹相向。

至尊含笑催赐金,圉人太仆皆惆怅。⑧

弟子韩幹早入室,亦能画马穷殊相。

幹惟画肉不画骨,忍使骅骝气凋丧。⑨

将军画善盖有神,偶逢佳士亦写真。

即今漂泊干戈际,屡貌寻常行路人。⑩

途穷反遭俗眼白,世上未有如公贫。

但看古来盛名下,终日坎壈缠其身。⑪

【今译】

　将军是魏武帝曹操的子孙,现在成为寒素的
　　平民了。

　当年魏武帝割据的霸业虽已成为历史的陈
　　迹,但他的文采风流至今仍留存。

　你先是学习卫夫人的书法,只恨不能超过王
　　右军。

　你潜心作画,不知时光消逝,富贵对于你有如
　　浮云。

　开元年间,你常被引见皇上,承蒙皇上恩宠,
　　几次登上南薰殿。

凌烟阁上功臣的画像已经颜色暗淡了，你下
　　笔挥毫，别开生面。

良相头上戴着进贤冠，猛将腰间挂着大羽箭。

褒公、鄂公画得毛发生动，他们英姿飒爽，就
　　像要跟敌人酣战。

先帝的御马玉花骢，众多的画工都画不像。

那天牵到宫殿的台阶下，它在宫门昂首卓立，
　　风神雄骏。

皇上命令你在白绢上挥毫描画，你惨淡经营，
　　刻意构思。

一会儿真龙就出现在宫中，它使万古以来的
　　凡马都相形失色，如同无物。

御榻上的画中马栩栩如生，酷似玉花骢，它与
　　丹墀下的真马屹立相向，难分真假。

皇上含笑催人快快赏赐，圉人太仆都惊叹
　　不已。

韩幹是你最早的入室弟子，画马也能穷尽各
　　种形相；

可是他只画肉不画骨，忍心使名马显得垂头
　　丧气。

你的画总是画得那么好,那么传神,碰到品行
　　端好的人,你也偶然给他画张肖像。
如今你漂泊于战乱之时,常常跟寻常的路人
　　画像。
你在穷途末路之中反受俗人轻视,世上没有
　　谁像你那样贫困啊!
自古有才能负盛名的人,往往穷愁潦倒,失意
　　终生。

【注释】

①丹青:丹砂和青腰,古代用以绘画的红绿颜料,后借代绘
画。　引:诗体名,亦是曲调的一种。

②"将军"四句　魏武:魏武帝曹操。　庶:平民,百姓。
清门:寒门。寒素的门第。　英雄割据:指曹操割据中原的英雄
业绩。　文采:文艺方面的才华。　风流:流风余韵。指曹操工
诗,曹霸善画,均有文艺风采。

③"学书"四句　卫夫人:卫铄,字茂猗,东晋汝阴太守之妻,
著名女书法家。王羲之曾从她学书。　王右军:即王羲之。东晋
杰出的书法家,曾官右军将军。　不知老将至:《论语·述而》:"其
为人也,发愤忘食,乐以忘忧,不知老之将至。"　富贵如浮云:亦出
《论语·述而》:"不义而富且贵,于我如浮云。"

以上八句为一段,写曹霸的家世和擅长。

④"承恩"三句　南薰殿:唐长安南内兴庆宫的内殿。　凌烟
功臣:唐贞观十七年(643),画功臣长孙无忌、杜如晦、魏徵等二十

四人像于凌烟阁。阁在西内三清殿侧。　　少颜色：颜色暗淡。
开生面：别开生面。谓重新摹画,画像一新。

　　⑤"良相"四句　进贤冠：原为儒者所戴,唐为百官朝见天子
的一种礼帽。　　大羽箭：指四羽长竿大箭。　　褒公、鄂公：褒国公
段志玄(凌烟功臣中列第十)、鄂国公尉迟敬德(凌烟功臣中列第
七),均为著名大将。

　　以上八句为一段,写曹霸善画人物肖像。

　　⑥"先帝"四句　先帝：指玄宗。　　玉花骢：骏马名。产于西
域。　　如山：谓画工之众。　　貌不同：画不像。貌,用如动词。摹
描。　　赤墀：宫廷内红色的台阶。　　迥立：昂首而立。

　　⑦"诏谓"四句　诏：皇帝的命令。　　拂素绢：在白绢上挥毫
描画。　　意匠：构思布局。　　惨淡经营：谓描画之刻意艰苦。
斯须：一会儿。　　九重：宫门九重。此代指皇宫。　　真龙：真马。
龙,喻骏马。《周礼·夏官》:"马八尺以上为龙。"　　凡马：普通的
马。　　空：犹言不复存在。

　　以上八句为一段,写曹霸应诏画御马。

　　⑧"玉花"四句　却：倒,反。御榻上的画马逼真如玉花骢真
马,使人惊疑,故言"却"。　　屹相向：屹立相向。　　至尊：指皇
帝。　　圉(yǔ 羽)人：宫中养马官。　　太仆：宫中掌车马的官。
惆怅：叹息。

　　⑨"弟子"四句　入室：《论语·先进》载:孔子谓子路"升堂
矣,未入于室也"。后称最得师传的学生为"入室弟子"。　　穷殊
相：穷尽各种形相。　　画肉不画骨：杜甫《房兵曹胡马》诗有"锋棱
瘦骨成"句,他认为以瘦骨画马为好,画肥了会丧失马的神气。

　　以上八句为一段,写曹霸善画马。以韩幹作衬托,益显曹霸的
功力高超。

　　⑩"将军"四句　佳士：品行端好之士。　　写真：肖像画。
"屡貌"句：貌,同"描"。意说曹霸此时不得不以卖画为活。写其落
泊的情况。

⑪ "途穷"四句　眼白：白眼。瞧不起。详见《短歌行赠王郎司直》注。　坎壈(lǐn凜)：困顿不得意。

以上八句为一段,写曹霸今日之穷困潦倒。

古 柏 行

　　本篇咏孔明庙前的古柏，写于大历元年(766)，时杜甫在夔
州。诗首段咏夔州诸葛亮庙前古柏，次以成都先主武侯祠庙古
柏作陪衬，最后以感叹作结，表现了诗人壮志未酬、怀才不遇的
怨愤。

　　孔明庙前有老柏，柯如青铜根如石。
　　霜皮溜雨四十围，黛色参天二千尺。①
　　云来气接巫峡长，月出寒通雪山白。
　　君臣已与时际会，树木犹为人爱惜。②
　　忆昨路绕锦亭东，先主武侯同閟宫。
　　崔嵬枝干郊原古，窈窕丹青户牖空。③
　　落落盘踞虽得地，冥冥孤高多烈风。
　　扶持自是神明力，正直元因造化功。④
　　大厦如倾要梁栋，万牛回首丘山重。
　　不露文章世已惊，未辞剪伐谁能送？⑤
　　苦心岂免容蝼蚁，香叶终经宿鸾凤。⑥
　　志士幽人莫怨嗟⑦，古来材大难为用！

【今译】

孔明庙前有株老柏,树枝苍老的色如青铜,树
　　根坚硬得像石。

光滑的树干粗大得几十人才能合抱;青黑的
　　树叶高入云天,足有二千尺。

它云气缭绕,近接长长的巫峡;月出树巅,它
　　远通白皑皑的雪山。

刘备孔明生逢其时,干了一番事业;虽斯人已
　　逝,但庙前古柏因此还为人们爱惜。

想起当日路过锦亭东边,见先主和武侯的祠
　　庙连在一起。

枝干高高矗立在古老的郊原上特别静谧。四
　　壁画满了漆绘,里面空无一人。

夔州古柏虽傲然独立,得占庙前之地,但地势
　　高危,不免招来烈风的侵袭。

它能巍然长存,固然是靠神明扶持,但它生来
　　正直坚强,这是自然化育之功啊!

大厦倾倒要栋梁支撑,古柏重如丘山,连万牛
　　也拉不动而回顾不前。

不显露文章才华已使世人惊叹；不避砍伐充
作栋梁，又有谁能把它运走？

柏心味苦，还免不了要为蝼蚁所侵；柏叶芬芳
终究为鸾凤所栖息。

志士幽人们请不要叹息悲怨啊！自古以来，
大材就难为人们所用。

【注释】

①"霜皮"二句　溜雨：谓光滑润泽。　黛色：青黑色。
②"君臣"二句　君臣：指刘备、孔明。　际会：遇合。　"树
木"句：意说他们仍为后人景仰怀念。　气接、寒通：极言古柏高
大，气势雄伟。
③"忆昨"四句　锦亭：成都锦江亭。　同閟（bì 秘）宫：成都
先主庙、武侯祠连在一起，故云。閟宫，指祠庙。　崔嵬：高大
貌。　窈窕：深远貌。　丹青：指庙内的漆绘。　户牖空：谓祠
庙内空无一人。
④"落落"四句　落落：独立不群貌。　冥冥：指天。　造化
功：上天化育之功。
⑤"不露"二句　不露文章：谓古柏朴实无华，不以花叶之美
炫耀于世。　未辞剪伐：不因剪伐而推辞，不怕剪伐。
⑥宿鸾凤：为鸾凤所栖宿。
⑦幽人：隐士。　怨嗟：指发牢骚。莫怨嗟，正是怨嗟之意。

观公孙大娘弟子舞剑器行　并序

　　在这首诗中，诗人从公孙大娘师徒精湛的舞艺写起，由公孙大娘念及明皇往事，抒发了家国盛衰和自身落泊的感慨。诗的主题与《江南逢李龟年》相仿佛。公孙大娘是开元年间著名的舞蹈家，能为《邻里曲》及《裴将军满堂势》《西河剑器》《浑脱舞》，妍妙皆冠绝于时，直到晚唐还为诗人们所赞颂。如司空图《剑器》："楼下公孙昔擅场，空教女子爱军装。"

　　大历二年十月十九日，夔州别驾元持宅，①见临颍李十二娘舞剑器，壮其蔚跂。②问其所师，曰："余公孙大娘弟子也。"开元三载，③余尚童稚，记于郾城观公孙氏舞剑器浑脱，④浏漓顿挫，⑤独出冠时。⑥自高头宜春、梨园二伎坊内人，⑦泊外供奉舞女，⑧晓是舞者，圣文神武皇帝初，⑨公孙一人而已。玉貌锦衣，况余白首，今兹弟子，亦匪盛颜。⑩既辨其由来，知波澜莫二。⑪抚事慷慨，聊为《剑器行》。昔者吴人张旭善草书书帖，⑫数尝于邺县见公孙大娘舞西河剑器，⑬自此草书长进，豪荡感激，⑭即公孙可知矣。

【注释】

　　① 别驾：州官的佐吏。　元持：人名。生平不详。　② 临

颍：唐县名。故地在今河南临颍县西北。　　剑器：古代健舞（分健舞、软舞两类）名。舞者戎装执剑，表现出战斗的姿态。　　蔚跂（qí岐）：雄浑豪放貌。　③开元三载：即公元715年，时杜甫年仅四岁。　④郾（yǎn掩）城：今河南省漯河市郾城区。在临颍南。浑脱：健舞名。由胡舞演变而来，舞态雄壮。　⑤浏漓：形容舞态活泼、合拍。　⑥独出冠时：出类拔萃，为当时第一。　高头：《教坊记》："妓女入宜春院，谓之内人，亦曰前头人。"高头，即"前头人"，亦即常在皇帝跟前的人。　⑦宜春、梨园二伎坊：开元二年（714），置教坊于蓬莱宫侧，玄宗亲教法曲，学者称梨园弟子；又命宫女数百人，居宜春院，亦称梨园弟子。　内人：宫中人，宫女。⑧洎：及。　外供奉：在教坊以外的男女伎人。　⑨圣文神武皇帝：唐玄宗尊号。　⑩匪：非。　盛颜：喻年轻。　⑪波澜莫二：意谓一脉相承。　⑫张旭：唐代著名书法家，善草书。⑬邺县：故城在今河南省临漳县西。　西河剑器：剑器舞的一种，说法不一。　⑭感激：生动奋发。

昔有佳人公孙氏，一舞剑器动四方。

观者如山色沮丧，天地为之久低昂。①

爀如羿射九日落，矫如群帝骖龙翔。

来如雷霆收震怒，罢如江海凝清光。②

绛唇珠袖两寂寞，晚有弟子传芬芳。

临颍美人在白帝，妙舞此曲神扬扬。③

与余问答既有以，感时抚事增惋伤。④

先帝侍女八千人，公孙剑器初第一。

五十年间似反掌，风尘澒洞昏王室。⑤

梨园弟子散如烟,女乐余姿映寒日。⑥

金粟堆南木已拱,瞿唐石城草萧瑟。

玳筵急管曲复终,⑦乐极哀来月东出。

老夫不知其所往,足茧荒山转愁疾。⑧

【今译】

从前有个美人姓公孙,一跳起剑器舞来就惊
　　动四方。

观众如山,惊骇失色,天地也好像为之上下
　　动摇。

剑光闪烁,像后羿射落九个太阳;舞姿矫捷,
　　如群仙驾龙飞翔。

起舞时动作迅猛,似雷霆因震怒而轰击;结束
　　时剑影陡灭,如江海波光乍息。

她的容颜和舞姿都已寂然长逝,幸好晚年有
　　个弟子能传她的舞技。

临颍美人在白帝城,乐曲声中舞姿曼妙,神采
　　飞扬。

她与我问答是有缘由的,我们感念时局,缅怀
　　往事,平添了哀伤之情。

先帝有侍女八千人，公孙大娘的剑器舞本就
　　名列第一。

五十年轻易地过去，安史之乱战尘浩荡，把朝
　　廷弄得天昏地暗。

梨园弟子早已烟消云散，李十二娘也姿容衰
　　谢了。

金粟山南唐玄宗的墓树已长得十分高大，瞿
　　塘峡边的白帝城正草木萧瑟！

华盛的筵席和急促的乐声结束了，乐极悲来，
　　月亮正从东方渐渐露出。

我这老头儿不知往何处去足生厚茧，徘徊在
　　荒山中愁思无穷。

【注释】

①"观者"二句　色沮丧：谓惊骇失色。　低昂：一起一伏。
此谓天地惊动。

②"燿如"四句　燿（huò 或）：闪烁貌。　羿（yì 忆）射九日：
古代神话：尧时十日并出，尧令羿射落九日。　矫：矫捷。　群
帝：群仙，群神。　骖龙翔：驾龙飞翔。　来：开始，起舞。　收
震怒：或谓为"抶震怒"之误。扬雄《羽猎赋》："神抶雷击。"颜师古
注："言所抶击如鬼神雷霆也。"抶，击，笞打。

以上八句为一段，写公孙大娘雄奇妙曼的舞姿。

③"绛唇"四句　绛唇、珠袖：代指美丽的容颜和美妙的舞

姿。　寂寞：意谓消逝。　芬芳：喻公孙大娘的高超舞技。　临颍美人：指李十二娘。　白帝：白帝城。　神扬扬：神采飞扬。

④"与余"二句　有以：有缘由。　惋伤：凄凉悲伤。

以上六句为一段，言见李十二娘起舞而伤感。

⑤"先帝"四句　先帝：指玄宗。　初：始，本。　五十年间：自开元五年（717）至此（767），正好五十年。　似反掌：喻光阴易逝。　澒洞：浩然无际貌。

⑥"梨园"二句　女乐：指李十二娘。　余姿：残留的风姿。即序云"亦匪盛颜"之意。　映寒日：时在十月十九日，故云。以喻李十二娘的晚景凄凉暗淡，亦暗示公孙大娘的舞技濒临绝境。

以上六句为一段，写家国盛衰之叹。

⑦"金粟"三句　金粟堆：指金粟山唐玄宗的陵墓。金粟山，在今陕西省蒲城县东北。　木已拱：树木已长得很大。拱，合抱。《左传·僖公三十二年》："尔墓之木已拱矣。"　瞿唐石城：指白帝城。以其近瞿塘峡，故云。　玳筵：形容华美的筵席。指元持宅的盛宴。玳，玳瑁。　急管：繁剧的乐声。管，管乐。

⑧愁疾：愁病，愁苦。

以上六句为一段，写席后的感叹。

短歌行赠王郎司直^①

  大历三年(768)春,杜甫携家自夔州出三峡至江陵,后移居公安(在江陵南)。他的年轻的朋友王郎赴蜀,在席中酒酣起舞哀歌,杜甫即席赋诗相赠。他对王郎的前途表示关切,希望能帮助他施展奇才;感叹自己年已老大,时不再来,只能把希望寄托在朋友身上。诗歌奇气横溢,如脱兔奔丸,流走劲疾。诗分两段,段各五句,体制独特,对韩愈、黄庭坚的创作都有影响。

  王郎酒酣拔剑斫地歌莫哀!

  我能拔尔抑塞磊落之奇才。^②

  豫章翻风白日动,鲸鱼跋浪沧溟开。

  且脱剑佩休徘徊。^③

  西得诸侯棹锦水,欲向何门趿珠履?^④

  仲宣楼头春色深,青眼高歌望吾子。

  眼中之人吾老矣!^⑤

【今译】

  王郎酒酣时拔剑歌舞宣泄悲愤,其实,你大可
   不必哀伤地歌唱啊!

我能解除你的郁闷，使你施展俊伟不凡的
　才干。

豫章树翻起风来，摇动白日，鲸鱼在波浪中畅
　游，划开大海。

你必有成就，姑且放下佩剑，不要歌舞徘徊。

你西游蜀地，有机会拜见蜀中大员，不知要到
　谁的幕府中作客？

仲宣楼正春色烂漫；我为你高歌，殷切地期望
　着你。

期望中的人啊，我已经老了！

【注释】

　① 短歌行：乐府旧题，有《长歌行》《短歌行》之分。　郎：古
代对年轻男子的美称。　司直：官名。

　②“王郎”二句　斫地：向地砍。舞剑的动作。　歌莫哀：不
要哀伤地唱。　抑塞：郁闷。　磊落：俊伟不凡。

　③“豫章”三句　豫章：二乔木名。豫亦称枕木，章即樟木：
均为建筑良材。　跋浪：涉浪，在浪涛中游泳。　沧溟：沧海，大
海。　徘徊：指舞蹈，一说哀歌之态，亦通。

　以上五句为一段，写对王郎的鼓励。

　④“西得”二句　诸侯：指蜀中大员。　棹锦水：在锦江中划
船。犹言游蜀。锦水，锦江，蜀中水名。　跶(tā 他)珠履：穿上珠
饰的鞋。《史记·春申君列传》："春申君食客三千，上客皆穿珠
履。"跶，拖着鞋。

⑤"仲宣"三句　仲宣楼：见《将赴荆南寄别李剑州》注。　青眼：《晋书·阮籍传》载，阮籍能为青白眼。他以青眼（黑眼珠全现）表示对人的好感，以白眼（黑眼珠少，眼白多）表示对人的厌恶。眼中之人：指王郎。

　　以上五句为一段，写对王郎的关切和期望。

中华聚珍文学丛书——杜甫诗今译

附录：杜甫年谱简编

玄宗先天元年(712)　一岁

玄宗开元十九年(731)　二十岁

　　漫游吴越。

开元二十三年(735)　二十四岁

　　自吴越归,赴京兆贡举不第。

开元二十四年(736)　二十五岁后

　　漫游齐赵间。有《望岳》《房兵曹胡马》《画鹰》等诗。

开元二十九年(741)至天宝三年(744)　三十岁至三十三岁

　　在东京洛阳。

天宝四年(745)　三十四岁

　　再游齐州。

天宝五年(746)至十三年(754)　三十五岁至四十三岁

　　在长安。六年,应诏,为李林甫所忌而失败。八年,间至东京洛阳。十年,进三大礼赋,命待制集贤院。十一年,召试文章,参列选序。十三年,进《封西岳赋》。有《春日忆李白》《前出塞九首》《兵车行》《高都护骢马行》《丽人行》《乐游园歌》《同诸公登慈恩寺塔》《渼陂行》《醉时歌》

等诗。

天宝十四年(755) 四十四岁

在长安。秋,往奉先、白水,置家奉先。后还京,授河西尉,不拜,改授右卫率府胄曹参军。冬,赴奉先。是冬,安禄山反。有《后出塞五首》《奉先刘少府新画山水障歌》《自京赴奉先县咏怀五百字》等诗。

肃宗至德元年,即天宝十五年(756) 四十五岁

往来于白水、奉先、鄜州,移家寓鄜。六月,长安为叛军所陷,玄宗奔蜀。七月,肃宗即位灵武。诗人自鄜州赴灵武,途中为叛军所掳,押至长安。有《悲陈陶》《月夜》等诗。

至德二年(757) 四十六岁

春,羁长安贼中。夏,自贼中脱身,奔至凤翔谒行在所,拜左拾遗,上疏救房琯。八月,自凤翔还鄜州探家。冬,西京长安收复,帝还京。诗人自鄜至京,仍任左拾遗。有《得舍弟消息二首》《春望》《哀江头》《喜达行在所三首》《述怀》《北征》《羌村三首》《彭衙行》《收京三首》等诗。

乾元元年(758) 四十七岁

春夏间,仍任左拾遗。六月,以房琯罢官故,贬华州司功参军。冬,九节度之师围安庆绪于邺城。冬晚,自华州至洛阳。有《曲江二首》《义鹘行》《九日蓝田崔氏庄》等诗。

乾元二年(759)　四十八岁

　　春夏,自洛阳返华州任所。是时,官军溃于邺城。秋,弃官西客秦州。自此长别两京。十月,赴同谷。冬晚,自同谷入蜀,至成都。有《赠卫八处士》《新安吏》《潼关吏》《石壕吏》《新婚别》《垂老别》《无家别》《秦州杂诗二十首》《遣怀》《捣衣》《佳人》《月夜忆舍弟》《天末怀李白》《梦李白二首》《有怀台州郑十八司户》《送远》等诗。

上元元年(760)　四十九岁

　　在成都,卜居城西浣花溪,营建草堂。冬晚,间至新津。有《蜀相》《恨别》《戏题王宰山水图歌》《遣兴》《南邻》《和裴迪登蜀州东亭送客逢早梅相忆见寄》等诗。

上元二年(761)　五十岁

　　卜居草堂,间至新津、青城。时成都无所倚靠,为衣食奔走。有《客至》《春夜喜雨》《江亭》《水槛遣心二首》《送韩十四江东省觐》《茅屋为秋风所破歌》等诗。

代宗宝应元年(四月以前尚系肃宗)(762)　五十一岁

　　正、二月,居草堂。春晚至夏,仍居草堂。严武自东京移成都,诗人有所依靠。七月,严武还朝,送至绵州。以西川兵马使徐知道反,入梓州。冬,复归成都,迎家至梓。严武离去,复失所倚。冬晚,往射洪、通泉(皆梓州属邑)。有《江畔独步寻花七绝句》《野人送朱樱》《客夜》《客亭》《秋尽》《闻官军收河南河北》等诗。

广德元年(763)　五十二岁

　　春、夏、秋,在梓州,间至盐亭、汉州。秋冬之交,赴阆州。冬,吐蕃陷西京,帝奔陕州。又陷蜀之松、维、保三州。时高适为成都尹。冬晚,自阆还梓。有《送路六侍御入朝》《送元二适江左》《冬狩行》等诗。

广德二年(764)　五十三岁

　　初春,再至阆州。得帝于上年冬还京消息,遂决意东归。严武再镇蜀,诗人东下未果,归成都草堂。六月,严武表诗人为节度参谋检校工部员外郎,入幕参军事。有《将赴荆南寄别李剑州》《登楼》《宿府》《丹青引赠曹将军霸》等诗。

永泰元年(765)　五十四岁

　　正月,辞幕府职,归草堂。四月,严武卒。五月,离蜀南下,自戎州至渝州。六月,至忠州。秋,至云安,并居此。时回纥、吐蕃入寇,京师震动,蜀复有崔旰等之乱。有《旅夜抒怀》等诗。

大历元年(766)　五十五岁

　　春初,在云安。春以后,自云安至夔州,寓西阁。有《古柏行》《江上》《月》《秋兴八首》《咏怀古迹五首》《阁夜》等诗。

大历二年(767)　五十六岁

　　春初,在夔州西阁。春,迁赤甲。三月,迁瀼西。秋,迁东屯。未几,再至瀼西。有《孤雁》《登高》《观公孙大娘弟子舞剑器行》《江涨》等诗。

大历三年(768)　五十七岁

正月,在夔州。三月,至江陵。秋,居公安。冬晚,往岳州。自此浮家泛宅,居无定所。有《短歌行赠王郎司直》《江汉》《暮归》《登岳阳楼》《祠南夕望》等诗。

大历五年(770)　五十九岁

春,在潭州。夏,潭有臧玠之乱,遂入衡州。欲往郴州依舅氏崔伟,至耒阳,未果。秋,舟下荆楚,欲北还,未果,卒旅次舟中。有《江南逢李龟年》等诗。